BESUCH VON GLORF

Impressum:
ISBN: 978-3-901761-86-7
2008 echomedia verlag ges.m.b.h.
A-1070 Wien, Schottenfeldgasse 24

Produktion: Ilse Helmreich, Helmut Schneider
Produktionsassistenz: Brigitte Lang
Covergestaltung: Anja Merlicek
Gestaltung: Rosi Blecha
Layout: Elisabeth Waidhofer
Lektorat: Roswitha Horak
Repro: mPg medienProduktionsgesmbH
Druck: CPI Moravia Books, Korneuburg

BESUCH VON GLORF

EINE PARABEL AUS DER ZUKUNFT

Stefan Slupetzky

echomedia

Ein intergalaktisches Raumschiff wurmförmiger Bauart umkreiste lautlos den Blauen Planeten. An Bord drei Zwyglorfs in erregter Diskussion.

„Wir glauben nicht, dass wir noch etwas entdecken", sagte Holk. „Es ist immer das Gleiche, immer nur dieser eine Begriff. Tausende Male haben wir ihn schon gehört, ihn notiert, überdacht und mit süßesten Worten umschmeichelt. Wir haben ihn besungen, gut. Was sollen wir noch? Das muss genügen, Freunde, das muss reichen. Wir finden also, wir sollten das Ding jetzt zurückbringen und weiterfliegen."

Drü ließ ein Seufzen vernehmen. Mit leisem Klatschen begannen seine Schläfenlappen zu flattern – ein herber Geruch nach Käsefondue breitete sich im Besprechungszimmer aus. „Da *muss* noch etwas sein", murmelte er. „Irgendetwas ... Komplexeres. Wir können es doch spüren ..."

„Allerdings", meinte Drimmel, zu Holk gewandt, „allerdings. Lassen wir uns einmal überlegen: Vielleicht liegt es ja an unseren Methoden. Vielleicht haben wir etwas Entscheidendes nicht bedacht ... Kommen wir, sehen wir uns dieses Ding noch einmal an ..."

Sie schwebten durch einen langen Flur, bis sie an die Schleuse des Translators stießen. Der Translator entsprach der neuesten Kommunikationstechnologie der Zwyglorfs; er erlaubte eine kombinierte Übersetzung mentaler, chemischer und akustischer Reize, um der äußerst komplexen Terminologie und Syntax der Sprache Zwy möglichst gerecht zu werden.

Holk, Drü und Drimmel passierten die Schleuse und fanden sich in einem sanft beleuchteten, kugelförmigen Raum wieder, in dessen Mitte eine ausgewachsene Kuh schwebte.

„Muh", meinte die Kuh, als sie der Besucher gewahr wurde.

„Gras", übersetzte umgehend der Translator.

„Da haben wir's", sagte Holk. „Da haben wir's. Immer das

Gleiche, immer dieses *Gras*. Wir können es schon nicht mehr hören ..."

„Beruhigen wir uns, beruhigen wir uns. Wir haben einen Auftrag, den wir auch erfüllen sollten ..."

Der Planet Glorf, von dem die Zwyglorfs stammten, war wenig größer als die Erde. Er befand sich hinter den sieben Quasaren bei den sieben Zirkumpolaren. Die Besonderheit an Glorf, die für die Zwyglorfs naturgemäß keine Besonderheit darstellte, war der Umstand, dass es auf Glorf keine Fauna gab. Neben einer prächtigen und artenreichen Flora wurde der Planet ausschließlich von einer einzigen Spezies bewohnt, nämlich von ihnen selbst, den Zwyglorfs. Es gab keine Staaten auf Glorf, keine Grenzen und nur eine Sprache, die Zwy genannt wurde. Die Zwyglorfs sahen sich als geistige Einheit, auch wenn ihnen durchaus bewusst war, dass sich diese Einheit – rein morphologisch betrachtet – aus vielen Individuen zusammensetzte. Das Pronomen *Ich* war ihnen daher fremd, sie sprachen ausschließlich in der Wir-Form von sich selbst und voneinander, und einer ihrer oft gebrauchten Leitsprüche lautete: Was *uns* nützt, das nützt auch *uns*, was *uns* schadet, das schadet *uns allen*.

Was ihre Fortpflanzung anbelangte, so waren die Zwyglorfs androgyn, sie frönten der Selbstbefruchtung, und sie taten es oft und mit großem Enthusiasmus. Ihr Stoffwechsel ähnelte jenem der vielfältigen Pflanzen, denen sie – nebenbei – dasselbe respektvolle Wohlwollen angedeihen ließen, mit dem sie auch ihresgleichen behandelten. Sie ernährten sich ausschließlich von der nährstoffreichen Erde Glorfs, tranken Wasser und nahmen ausgedehnte kollektive Sonnenbäder, die an religiöse Massenrituale erinnerten. Gleichwohl befanden sie sich (gemessen am kosmischen Durchschnitt) auf hohem intellektuellem Niveau; die Neugierde war eines ihrer markantesten Merkmale, und dementsprechend ausgereift zeigte sich auch ihre Raumfahrttechnik. Dennoch waren die Zwyglorfs ein ungemein musisches Völkchen: Dreh- und Angelpunkt ihres Weltbildes bildete die Poesie in jeder erdenklichen Form; statt sich auf das Sammeln von Daten und Fakten, auf das systematische Ordnen und Berechnen der Zustände und Reaktionen nackter Materie zu beschränken, vermittelte sich auch ihre Wissenschaft auf sinnliche Weise dem Geist *und* dem Gemüt. Astronomie und Meteorologie, Phytologie und Medizin, Mathematik, Kybernetik und Physik wurden ausschließlich in Bildern, Klängen und Geschichten dargestellt und tradiert, mit Hilfe jener fein gewobenen Stoffe also, aus denen nach zwyglorfscher Meinung die Wurzeln, Blüten und Früchte jeglichen Lebens bestanden. Bildung wurde auf Glorf nicht in jene des Kopfes und jene des Herzens getrennt; sie war ein homogenes Ganzes und wurde den jungen Zwyglorfs im Rahmen eines vortrefflichen Schulsystems vermittelt.

Dieses Schulsystem war auch der Grund für die Anwesenheit Holks, Drüs und Drimmels in der Erdumlaufbahn: Wie jeder erwachsene Zwyglorf wollten auch sie ihren Beitrag zur Geisteserziehung der Glorfjugend leisten, und so hatten die drei beschlossen, ein Schulbuch zu verfassen. *Kalter Kosmos, wilde Welt* sollte es heißen, auch der Untertitel stand schon fest: *Mit dem All auf Wir und Wir.* Seit vielen Monaten waren die drei bereits unterwegs, navigierten und kreuzten, flitzten, von Sonnenwinden umfächelt, durch Supernovä und Sternenwolken, ließen ihr Schiff mit roten Riesen und weißen Zwergen tanzen, drehten ihre Pirouetten um Pulsare und Quasare, Kometen, Monde und Planeten. Und dann, eines Morgens, war es passiert: Der Zentralcomputer hatte die Maschinen gedrosselt und Holk, Drü und Drimmel mit einem glitzernden Diodenfeuerwerk geblendet: *Alarm* hieß das, und es war ein Alarm, der die drei Zwyglorfs in fiebrige Aufregung versetzte. „Leben“, war die Stimme des Bordsynthophons durch die Gänge des Schiffs gehallt. „Außerglorfsches Leben steuerbord voraus!“

„Muh“, sagte die Kuh.

„Gras“, übersetzte der Translator.

Vor einer knappen Woche hatten sie die Kuh an Bord gebeamt. Inzwischen fanden sich siebenundzwanzig Skizzen, acht Gedichte, fünf Kantaten und zwei Novellen über die Bewohner des Blauen Planeten in ihren Aufzeichnungen. *Schön,* hatte Drimmel gedichtet, *schön euer glänzender Blick, wie euer Wesen so süß. Warm und lieblich auf azurnem Rund, so fanden wir euch. In eurem sehnenden, zärtlichen Muh schwingt die unendliche Weisheit des Alls. Gras, sagt ihr, und immer nur Gras. Wozu auch mehr noch sagen …*

Die beiden Erzählungen waren auf synthetischem Wege entstanden; der bordeigene Prosagenerator hatte sie verfasst, und trotz der Tatsache, dass ihn Holk schon am zweiten Tag mit Translator und Computer kurzgeschlossen hatte, überstieg die poetische Kraft seiner Geschichten deren Informationsgehalt bei weitem. *Das Wollen des Muh* hieß eine davon, *Tanz der vier Beine* die andere. Die Zwyglorfs waren verzweifelt.

„Sprich mit uns, Wesen“, probierte Drü es noch einmal, „sprich mit uns; wir kommen in Frieden …“

„Muh.“

Holk rang die Tentakel. „Es ist zwecklos“, sagte er kurzerhand. „Wir wollen das Ding zurückbringen …“

„Und uns da unten ein wenig umsehen“, ergänzte Drimmel grimmig.

Drü hielt den Atem an. Heftig klatschten seine Schläfenlappen. „Ist das unser Ernst? Wir wollen … da unten?“, stieß er hervor.

„Ohne uns“, meinte nun auch Holk. „Viel zu gefährlich. Es hat keinen Sinn, das Glück zu erzwingen …“

„Dann gehen wir eben alleine“, erwiderte Drimmel. *„Mit dem All auf Wir und Wir,* so heißt es doch, oder? Sehen wir uns dieses Wesen doch an! Undenkbar, dass uns von seinesgleichen Gefahr droht …“

Es sollte also kommen, wie es kam. Drimmel und die Kuh bestiegen den Teleporter und ließen sich zur Erde beamen.

Noch am selben Abend kehrte Drimmel mit dem Bauern Fladnitzer zurück.

Es würde den Rahmen dieses Berichtes sprengen, das Erwachen Alois Fladnitzers an Bord des Zwyglorfschiffes und sein erstes Gespräch mit Drimmel, Holk und Drü im schwerelosen Leib des Translators ausführlich zu erörtern. Die Verwirrung des einfachen Landmannes spottete jeder Beschreibung. Noch auf dem halb gepflügten Acker von Drimmel in plötzlichen Tiefschlaf versetzt, kam er nun inmitten der schummrigen Kugel zu sich, fand sich in embryonalem Schwebezustand, vollkommen nackt und von neun erwartungsvoll aufgerissenen Augen fixiert.

„Unglaublich", flüsterte Holk. „Es sieht so anders aus."

„Vielleicht ist es ein Jungtier ...", meinte Drü zweifelnd.

„Muh", raunte Holk, um dem Fremdling seine Reverenz zu erweisen. „Muh."

Auch der Bauer fand schon bald die ersten Worte. „Was ... Was ist das ... Was soll das?", stammelte Fladnitzer haltlos rotierend, um dann – als braver Christ – hinzuzufügen: „Seids ihr 'leicht ... Engel?"

Der Translator übersetzte, ein heftiges Schnarren ertönte, sechs Schläfenlappen klappten auf und stießen einen intensiven Duft nach Rosen und Lavendel aus. Sie lachten, die Zwyglorfs, sie lachten, wie man nun eben auf Glorf zu lachen pflegt. *Ängel*, so nannte man auf Zwy die frisch geschlüpften Kinder. In gewisser Weise lag also Fladnitzer gar nicht so falsch. Holk, Drü und Drimmel waren so etwas wie erwachsene Engel ...

Oh blauer Ball, du reichste aller Welten,
die Vielfalt deiner Arten ist Legion.

Mag dich ein simpler Narr verwirrend schelten,
dein Reichtum aber, ach, ist unser Lohn!

Man mag es Drimmel nachsehen, dieses Gedicht: Schlagartige Erkenntnis führt nicht selten zu Überschwang, und Überschwang ist nicht selten der größte Feind der Poesie. Gleichwohl drücken die Zeilen den nie gekannten Geistestaumel aus, der die drei Zwyglorfs angesichts der plötzlichen Einsicht erfasste, dass dieser Planet von mehr als einer tierischen Gattung bewohnt war. Stunden- und tagelang verbrachten sie im Gespräch mit Fladnitzer, der sich zusehends entspannte, sodass sein Gesicht schon bald jene rötliche Färbung aufwies, die es sonst nur im Wirtshaus anzunehmen pflegte. Mit dem ihm anerzogenen kirchlichen Chauvinismus beschrieb er die Erde als die Mutter allen Daseins und den Menschen als die glänzende Krone auf dem Haupt dieser Mutter.

„Ein Pech habt's", schnaufte er und warf die Arme hoch, was ihn sofort durch den metallischen Uterus des Translators trudeln ließ, „ein Pech habt's, dass ihr nur fremde Heiden seids, von weither, wo's kalt ist und trostlos und wo's keinen Gott nicht gibt ..."

Diesmal roch es nach Flieder, als die Zwyglorfs lachten. Der Zufall wollte es nämlich, dass ihre Sprache ein weiteres onomatopoetisches Gegenstück zu jener der Erdlinge hervorgebracht hatte: *Ghott,* so lautete das zwysche Wort für den orgastischen Vorgang der Selbstbefruchtung.

Holk, Drü und Drimmel richteten sich nun also doch auf einen längeren Aufenthalt ein, um alles genau zu studieren und in zwysche Reime zu gießen. Mit dem zum Fremdenführer avancierten Fladnitzer an ihrer Seite tauchten sie ein in den Kosmos der irdischen Fauna, schwelgten in der Unermesslichkeit der Variationen, Modulationen und Improvisationen, die das

Leben hier zum Besten gab. Der Bauer erklärte ihnen die Welt mit einer Mischung aus Besitzerstolz und missionarischem Eifer, sodass sie sich bald durch das Chaos des irgend nur Möglichen schlingern sahen; gnadenlos ergriff der Rausch der Erkenntnis von ihnen Besitz und ließ sie um das Erdenrund taumeln, auf der Suche nach immer neuen Vögeln, Reptilien, Fischen, nach immer neuen Säugern und Insekten. Berg und Busch, Wald und Wiese, Weiher und Wüste, nichts blieb der Linse ihres teleskopischen Scanners verborgen, aber jedes Mal, wenn sie dachten, ihre Arbeit würde sich nun dem Ende nähern, tauchte eine neue Unterteilung, eine neue, nie erwartete Abweichung auf …

Wir glaubten, ihr seid nur ein Elefant, dichtete Drimmel eines Abends, und wider Willen schwang eine merkliche Resignation in seinen Worten mit.

Wir glaubten, ihr seid nur ein Elefant.
Ein mächt'ger Bau, den Ahnenschiffen gleich …
Doch nein, der Zweiheit seid auch ihr verschrieben,
wie scheinbar alles, was hier kreucht und fleucht …
Nun gut. Sei's drum, so dachten wir, es gibt
den Samen- und den Blütenelefanten,
der, mit dem Keim des Samentiers bestäubt,
die kleinen Elefantenfrüchte trägt.
Zu früh gefreut. Zu allem Überflusse
beliebt ihr, auf verschied'nen Kontinenten
mit grundverschied'nen Ohren euch zu zieren.
Und dann der Mensch. Als würd es nicht genügen,
dass er in Mann und Weib gespalten ist,
zeigt er sich uns unendlich vielgestaltig –
ein Zauberer formaler Myriaden.
Wir geben's zu: Die Erde ist verwirrend.
Und schwer, wir Weltenforscher, fällt es uns,
die Zuversicht, den Mut nicht zu verlieren …

Dem Rausch folgt von jeher der Kater, dagegen waren auch die Zwyglorfs nicht gefeit. Erschöpft von der Fülle des Gelernten, erschöpft auch von der schier endlosen Fülle dessen, was es noch zu lernen galt, befanden sie sich ohnehin bereits in einem Zustand fortgeschrittener Nervenschwäche, als ihnen Alois Fladnitzer den ersten jähen Schock ihrer Reise versetzte.

„Ja also“, begann er eines Nachmittags, „wenn ich dann meine Kleider wieder haben dürft? Langsam wird's Zeit, ich muss zurück auf meinen Hof, mich um die Wirtschaft kümmern ...“

„Propolki krüxlo harkolingola *Wirtschaft* ...“, schnurrte der Translator.

„Wirtschaft?“, fragte Holk und blinzelte müde mit seinen drei Augen.

„Ja, Wirtschaft. Was man halt so tut als Landwirt: Kühe füttern, Heu machen, Hendl und Schweindl schlachten ...“

„Lingi pratzlav *Kuh,* lingi boppola *Muh,* hassakolingi plü *Hendel* plü *Schweindel* ...“

„Hassako ... Hassakolinxlü?“

„Ihr ... Ihr macht sie tot?“, übersetzte ordnungsgemäß der Translator.

„Ja sicher, was glaubst denn sonst?“

„Aber ... wieso?“, stammelte Holk verwirrt. „Wieso denn?“

„Die Schweindl und die Hendl zum Essen. Die Küh zum Essen und fürs Leder, zum Verkaufen ...“

Der Schrecken saß tief: Die Erdlinge aßen einander. Und das Wort dafür lautete: Wirtschaft.

Es scheint hier angebracht, ein wenig näher auf den Stellenwert der Sittlichkeit in der glorfschen Gesellschaft einzugehen. Die Zwyglorfs waren durchaus nicht als *gut* im moralischen Sinne des Wortes zu bezeichnen. Ihre Ethik stützte sich auf nichts als auf den unverbrüchlichen Willen zur Selbsterhaltung. Zur

Selbsterhaltung des gesamten biologischen Systems allerdings, und nicht zu jener einer Gruppe oder eines Individuums. Man könnte von einer Art *Nosismus* sprechen, der die zwyglorfsche Gesinnung prägte und der sich im Gegensatz zum *Egoismus* einem größeren Zellverband verpflichtet fühlte als jenem, den die eigene Haut begrenzte. Dieser glorfsche *Nosismus* war nun alles andere als das Resultat einer bewussten moralischen Entscheidung, zu der man sich in schmerzhaft gefochtenen inneren Kämpfen erst durchringen muss. Er war schon immer da gewesen; seit Zwyglorfgedenken bildete er das Fundament allen Lebens und Zusammenlebens; ein alternatives Gedankengebäude war niemals errichtet worden. Wozu auch? Die Zwyglorfs hatten keine Feinde, und da es sich ohne Feinde recht gut leben ließ, hatten sie nie das Bedürfnis verspürt, sich welche zu schaffen. Nicht, dass es nicht auch zu gelegentlichen Animositäten zwischen ihnen gekommen wäre: Sie waren nicht gefeit vor den Launen des Herzens und empfanden zuweilen große Gefühle für- oder gegeneinander. Doch betrachteten sie derlei Regungen als das, was sie freilich auch waren: feinmaschige Gewebe, aus psychologischen, chemischen und atmosphärischen Fäden gesponnen, mit einem Wort: Naturereignisse. Sie nahmen es nun einmal nicht persönlich, die Zwyglorfs.

Ebenso wenig, wie nun der Einzelne sich selbst den Vorzug vor anderen gab, zog die Gesamtheit sich selbst der Pflanzenwelt vor. Man ließ die glorfsche Flora unangetastet; man lebte nicht *neben* und *zwischen*, sondern *in* ihr und *auf* ihr, *mit* ihr und *durch* sie. Pflanzen gaben schließlich frische Luft, und Luft brauchten alle zum Leben. Undenkbar also, einen Baum zu fällen, um an seiner statt ein Haus aus seinem Holz zu bauen. Im Gegenteil: Wo ein Baum wuchs, da stand auch bald ein Haus – aus Stein. Und wenn es hin und wieder vorkam, dass die wachsende Zahl der Zwyglorfs zu einem glorfumspannenden Platzmangel zu führen drohte, dann drosselten sie in stiller

Einmütigkeit die Geburtenrate, statt auf Kosten anderer Arten neue Lebensräume zu erschließen. Denn: Was *uns* nützt, das nützt auch *uns*, was *uns* schadet, das schadet *uns allen*.

Die Erdlinge aßen einander. Holk, Drü und Drimmel torkelten durch den Translator wie vom Blitz getroffen; ihre Schläfenlappen spielten Stakkato und stießen dampfende Knoblauchwölkchen aus. Ihre Fassungslosigkeit hatte nichts mit sittlicher Entrüstung zu tun (jegliche Form moralinsauren Spießertums war ihnen fremd), sondern war ausschließlich intellektueller Natur; sie glich der Bestürzung, die auch den Menschen befällt, wenn er sich dem Unvorstellbaren gegenübersieht. Die glorfschen Gesetze des Lebens mussten offenbar völlig neu geschrieben werden, wenn sich eine Welt auch nur *denken* ließ, in der man sich gegenseitig verspeiste.

„So, jetzt muss ich aber wirklich, wenn's recht ist." Alois Fladnitzer grinste und nickte den Zwyglorfs freundlich zu. „War lustig bei euch, vergelt's Gott, und falls ihr noch Fragen habts ..."

„Haben wir", stieß Drimmel röchelnd hervor. Das Sprechen fiel den Zwyglorfs schwer, wenn sie erregt waren.

Bauer Fladnitzer überlegte. Dann ging ein plötzliches Strahlen über sein Gesicht. „Ich glaub, ich weiß da wen", meinte er fröhlich. „Den schick ich euch herauf. Der kann euch alles sagen, weil das ist sein *Beruf* ..."

„Lippoli wallingola Beruf ...", übersetzte der Translator.

„Beruf?", stöhnte Holk.

„Ja, ein Fachmann halt, so wie ich mit meiner Wirtschaft." Leicht genervt vom Unverständnis der Zwyglorfs, verfiel Alois Fladnitzer jetzt in jene vereinfachte Sprache, die er zumeist auch seinen Erntehelfern angedeihen ließ. „Wenn Mensch groß sein, Beruf haben", sagte er. „Mensch müssen arbeiten, verstehst? Nur der König und der Räuber nix arbeiten. Beruf sein gut für Geld verdienen. Für Sachen kaufen."

„Sackla *Geld* do sackla plü. Dodola *kaufen* poppoli kringlav."

„Aha ... Geld ... kaufen", ächzte Holk.

Er hatte keine Kraft mehr, nachzufragen. Auch Drü und Drimmel nicht. Sie brauchten eine Pause, um all das Gelernte zu verarbeiten.

Drei Tage Auszeit nahmen sie sich, die sie – man darf es ruhig erwähnen – mit Alois Fladnitzers neuerlich an Bord gebeamter Kuh verbrachten. An ihr warmes Fell geschmiegt, dämmerten die Zwyglorfs vor sich hin, und wie ein Mantra drang das beharrliche „Muh" des Tieres in ihren Halbschlaf, beruhigte ihre erhitzten Gemüter. Am Morgen des dritten Tages erst hatten sie so weit in ihren geistigen Orbit zurückgefunden, dass sie sich weiteren Forschungen widmen konnten.

Im Translator wartete bereits der völlig entkleidete Julius Bemmerl, seines Zeichens pensionierter Volksschullehrer, der einst das zweifelhafte Vergnügen gehabt hatte, Alois Fladnitzer zu seinen Schülern zu zählen. Bemmerl wirkte nervös. Er blickte alle paar Sekunden auf sein bloßes Handgelenk, um das normalerweise eine Armbanduhr gebunden war, so, als hätte er dringende Termine zu wahren oder als könnte er sonst etwas Wichtiges in seinem Leben versäumen. Fladnitzer hatte ihn bereits auf die Begegnung mit den Außerirdischen vorbereitet, und Bemmerl hatte ihn zunächst für verrückt gehalten, doch nun, da ihm die drei noch etwas verschlafenen Zwyglorfs entgegenschwebten, musste er eingestehen, dass selbst einen alten Magister noch etwas überraschen konnte.

„Guten Morgen, die Herren", riss er in jahrzehntelang praktizierter Manier das Gespräch an sich, noch ehe es begonnen hatte. „Wie ich höre, bedürfen Sie gewisser Unterweisungen. Nun, mir soll's recht sein, solang Sie sich der Sache mit dem gebotenen Eifer widmen. Haben die Herren noch Fragen, bevor ich beginne?"

„Haben wir“, antwortete Holk. „Was, bitte, ist *Beruf?* Und was ist *König* und *Räuber?*“

„Und was“, fügte Drimmel hinzu, „ist *Fachmann?* Und *Geld?* Und was ist *kaufen?*“

„Und wie“, ließ sich nun auch Drü vernehmen, „wie *schmeckt* es, wenn man einander isst?“

Julius Bemmerl seufzte. Natürlich hatte er bereits geahnt, welch schweres Stück Arbeit hier auf ihn wartete (der sichere Blick des altgedienten Pädagogen ließ ihn nie im Stich), aber das Ausmaß der Unwissenheit dieser Dreiäuger erstaunte ihn nun doch ein wenig.

Dabei waren die Zwyglorfs, wie schon erwähnt, äußerst wissbegierig. Genau aus diesem Grund war ihnen freilich weder das Wort für *Beruf* noch jenes für *Fachmann* vertraut: Schon als Kinder lernten sie spielend alle Tätigkeiten, die ihnen das Leben in der Glorfgemeinschaft dereinst abverlangen würde. Haus- und Schiffsbau gehörten ebenso dazu wie die Aufzucht der eigenen Jungen, das künstlerische Schaffen, die Navigation und vieles mehr. Wenn sich auch von Zeit zu Zeit besondere Talente oder Neigungen ausformten, so gab es doch kein Spezialistentum auf Glorf; wer sich am Morgen der Konstruktion eines neuartigen Bioteleportationssystems gewidmet hatte, übte zu Mittag ausgiebig *Mlö* oder *Humba* (die populärsten glorfschen Musikinstrumente) und sammelte nachmittags frischen Humus für das Abendessen. Nie wäre ein Zwyglorf auf die Idee gekommen, einen anderen seine *Humba* ölen zu lassen und ihm im Gegenzug die *Mlö* zu stimmen, geschweige denn, ihn in Form von gerösteten Kieseln dafür zu bezahlen.

In Anbetracht der Schwierigkeit seiner Aufgabe beschloss Julius Bemmerl, auf einzelne Fragen erst später einzugehen und die Erziehung der außerirdischen Gäste zunächst auf eine, wie er es zu nennen pflegte, *gesunde Basis* zu stellen.

„Oje“, sagte er, „ich glaub, da müssen wir ganz am Anfang

beginnen. Da werden wir ohne entsprechendes Unterrichtsmaterial nicht recht weiterkommen."

So kam es, dass sich Bemmerl zurück auf die Erde beamen ließ, um endlich einmal seine Mitgliedskarte der Stadtbücherei so richtig auszunützen. Ganze Wagenladungen von Büchern lieh er aus, er trug zusammen, was immer er unter die Finger bekam: dicke Schwarten über Bio-, Theo-, Philo-, Anthropo-, Archäo-, Öko-, Mytho-, Polito-, Psycho- und Soziologie, mächtige Wälzer über Geologie, -metrie und -graphie, riesige Schmöker über die Menschheitsgeschichte natürlich, und zu alledem noch eine umfangreiche Auswahl verschiedener Zeitschriften und Journale. Das Schiff der Zwyglorfs hatte merklich Schlagseite, nachdem es die tonnenschwere Fracht geladen hatte.

„Nur keine Angst, meine Herren", meinte der Lehrer, als er auf den Mienen Holks, Drüs und Drimmels jene altvertraute Betretenheit zu erkennen glaubte, die alle frisch gebackenen Primaner befällt, sobald sie ihre Schulbücher ausgehändigt bekommen. „Wir wollen's ganz langsam angehen, Rom ist ja auch nicht an einem Tag ..."

Und so geschah's. Aber nicht nur die drei Zwyglorfs widmeten sich in den folgenden Tagen und Wochen dem Studium der irdischen Belange, auch der Bordcomputer versenkte sich in den papiernen Wissensschatz. Nach einer fünfminütigen Einschulung durch Julius Bemmerl, die ihm dieser mit Hilfe des schon leicht abgegriffenen Heftleins *Lilli lernt lesen* hatte angedeihen lassen, war das Gerät in der Lage, die Texte zu entziffern und zum Zwecke der Verzwyung an den Translator weiterzuleiten.

Es waren glückliche Zeiten. Ein Hauch von ätherischen Ölen hing in der Luft, während sich Holk, Drü und Drimmel den didaktischen Künsten Julius Bemmerls überließen. Man lernte fleißig und hoch konzentriert.

„Im schönen Land Mexiko leben viele wilde Räuber“, rezitierte Holk aus *Lilli lernt noch besser lesen.* „Bäcker, Schuster und Schneider sind Berufe.“

„Sehr brav. Jetzt du, Drimmel …“

„Auch König und Minister sind Berufe. Viele Länder haben keinen König mehr. In ihnen wählt das Volk die Herrscher.“

„Ganz recht“, bekräftigte Bemmerl. „Und wenn das Volk wählen will, dann muss es auch lesen und schreiben lernen. Weil es sich sonst nicht entscheiden kann, wer es beherrschen soll. Weil ohne Wissen keine Macht, und ohne Sprache kein Wissen …“

Aufmerksam lauschten die Zwyglorfs dem Lehrer. So ergriffen waren sie von der Bedeutung seiner Worte, dass sie das Summen im Hintergrund gar nicht bemerkten. Sanft geküsst von digitalen Musen sprang der Prosagenerator an und wärmte seine epischen Platinen auf. Gespeist nicht nur mit Bemmerls Lektionen, sondern auch mit einer Fülle an wissenschaftlicher und belletristischer Literatur, war er nun endlich bereit, seine erste fundierte, der Komplexität des irdischen Daseins angemessene Geschichte zu verfassen.

Des Prosagenerators erste Erdgeschichte

Die Befreiung Chipulchicas

Von Lobo Fuente erzählte man sich, er habe in einer einzigen Nacht zehn *campesinos* getötet und fünf ihrer Weiber geschwängert. Obwohl das nicht stimmte, kam Fuente dieses Gerücht durchaus gelegen. Es mehrte seinen Ruhm, sicherte ihm die Treue seiner Männer und hielt ihm Rivalen und Feinde vom Leib. *El Orinal,* wie er zuweilen hinter vorgehaltener Hand genannt wurde, sah nicht aus, wie Leute seines Schlages auszusehen pflegen: Keine Furchen und Narben zierten sein Gesicht, kein rauschender Bart auch, und sein Wuchs war eher schmächtig als hünenhaft. Schlank war er, Fuente, und seine Haut so sauber und duftend wie die eines Weibes, und dennoch fürchtete man ihn wie keinen zweiten. All diese Merkmale nämlich, gepaart mit seiner sanften, beinahe freundlichen Art, verliehen ihm den Nimbus einer Klapperschlange: wendig, glatt und gnadenlos. Sein Gift, so hieß es, war absolut tödlich, und es versiegte nie.

Was niemand wusste, war, dass das Alter an Lobo Fuente nagte. Er fühlte sich zunehmend müde; das Morden und Brandschatzen machte ihm keine rechte Freude mehr. Ein halbes Leben als *bandido,* der den Bauern die Ernte stiehlt, der ihre Häuser und Kirchen plündert, ihre Frauen schändet (mehr als drei am Stück hatte er in Wahrheit nie geschafft), der ihren Kindern das Spielzeug, die Freiheit, nicht selten das Leben nimmt, ein halbes Leben auf der Flucht, auf der Hut, getrieben von der Gier nach Macht und Gold und Bewunderung, so etwas zehrt an den Kräften eines Mannes. Lobo Fuente dachte immer öfter daran, sich eine eigene *hacienda* zuzulegen. Sesshaft werden, sich aufs Altenteil zurückziehen, vielleicht sogar – man höre und staune – eine Familie gründen …

Und jetzt das.

Gerade drei Stunden ist es her, da sind zwei seiner *pistoleros* nach Chipulchica geritten, um Fleisch und Tequila zu holen, doch jetzt sind sie unverrichteter Dinge zurückgekehrt: Carlos Prado, des Lesens und Schreibens mächtig und deshalb Verwalter der täglichen Beute, und Ernesto Callejon, Lobo Fuentes treuester Spitzel. Blass und gebeugt, so sind sie in vollem Galopp ins Lager gesprengt, kaum dass sie sich noch in den Sätteln zu halten vermochten. Da hat sich ein Stimmengewirr am Feuer erhoben, und fünfzehn wilde Gestalten sind aufgesprungen und haben die zitternden Gäule umringt, die einzige, brennende Frage auf ihren derben Gesichtern: Was ist geschehen?

Nur einer ist sitzen geblieben, und das ist *El Orinal.* Er betrachtet die Glut und wartet. Wartet ruhig und aufrecht, wie es einem Anführer geziemt. Gelassenheit ist oberstes Gebot, denn sie ist der Quell von Würde, Überlegenheit und Macht. Lobo Fuente trägt also stets die Maske des Wissenden, auch wenn er gar nichts weiß. Erst, als Prado und Callejon sich vor ihn stellen, um Bericht zu erstatten, hebt er den Blick. Ein sanftes Lächeln umspielt die schmalen Lippen.

„Und?“

Leise und trotzdem rasierklingenscharf durchschneidet Lobo Fuentes Stimme die kühle Abendluft. Callejon ringt die Hände, um eine Antwort bemüht.

„Wir … wir … Es ist furchtbar … Wir …“

Lobo Fuente zieht die Augenbrauen hoch, sieht von einem zum anderen, schweigt. *El Orinal* hat noch niemals eine Frage wiederholt.

„Sie wollen uns … nichts mehr geben“, murmelt jetzt betreten Carlos Prado.

Lobo Fuente stutzt. Dann, langsam, zieht sich ein breites Grinsen über sein Antlitz.

„Weißt du, Carlos, was ich gerade verstanden habe? Mir war, als hättest du gesagt: *Sie wollen uns nichts mehr geben …*“

Lobo Fuente wirft den Kopf zurück und lacht, und mit ihm bricht die übrige Horde der *bandidos* in brüllendes Gelächter aus. Nur Carlos Prado und Ernesto Callejon lachen nicht.

„Es stimmt … Du hast richtig gehört.“

Wie das erschrockene Schweigen der Hunde nach einem Gewehrschuss, so bricht nun die Stille ein. Lobo Fuente starrt Prado an, und wie von selbst zucken seine Hände dem patronenbesetzten Gürtel entgegen, den ledernen Halftern, in denen die beiden Revolver stecken. Doch dann besinnt er sich und brummt, so gelassen er kann: „Setzt euch zu mir und erzählt.“

El Orinal pflegt niemals zu anderen aufzublicken.

„Sie wollen uns also nichts mehr geben“, meint er nun, da die Männer an seiner Seite Platz genommen haben.

„Nein.“

„Kein Fleisch?“

„Nein. Kein Fleisch. Und auch kein Brot, kein Gold, keinen Tequila.“

„Und ihre Weiber?“

„Sie sagen, wir sollen unsere Pferde vögeln. Nicht einmal eines ihrer Kinder haben sie uns angeboten.“

Lobo Fuente holt Luft, langsam und tief. Denkt nach.

„Wie viele habt ihr getötet?“

Näher rücken jetzt die Männer im Kreis. Sie spitzen die Ohren. Wie viele werden es wohl gewesen sein? Zehn? Oder zwanzig?

„Wir … Keinen einzigen“, flüstert Prado. Und Callejon fügt hastig hinzu: „Sie haben sich gewehrt!“

Ein Raunen geht durch die Schar der *bandidos*. Lobo Fuente schließt die Augen, und als er sie wieder öffnet, da funkeln sie noch kälter als sonst. Nur sein Mund lächelt milde, als er fragt: „Sich gewehrt? Haben sie etwa Steine auf euch geworfen?“

„Nein … Nein … Sie haben … haben …“

„Sie haben sich *gringos* geholt“, vollendet Prado den Satz Callejons. „Sieben *gringos* aus dem Norden, bis an die Zähne bewaffnet …“

Nun hält die Menge nicht mehr an sich. Ein wütendes Stimmengewirr brandet hoch, fegt über die Steppe und steigt zum abendlichen Himmel auf.

„Kojotenpack!“

„Räudige Hunde!“

„Dreckige *gringos!*“

So geht es eine Weile, aber irgendwann erstirbt das Grollen der Männer. Sie sehen nun Lobo Fuente an, Lobo Fuente, von dem es heißt, er könne mit einer Patrone vier Gegner auf einmal zur Strecke bringen. Oder waren es fünf?

El Orinal legt bedächtig die Fingerspitzen aneinander. Genießt den Augenblick, da siebzehn Augenpaare an seinen Lippen hängen, siebzehn Mann auf seine Entscheidung warten. Doch was soll er sagen? Ihm fällt nichts ein.

„Irgendwelche Vorschläge?“

Welch genialer Schachzug! Welch Ausbund an Gleichmut, mit dem Fuente seiner Unentschlossenheit das Mäntelchen gütiger Aufgeschlossenheit überwirft! Solidarität! Fraternisation! Kein Wunder, dass ihm die Herzen aller Raubgesellen zwischen Tepancalcatl und Xochitlicacan zufliegen …

„Wir brennen ihre Häuser nieder!“, wird da eine Stimme laut.

„Wir schänden ihre Töchter!“, fällt eine andere ein.

„Und Mütter!“

„Und die Mütter der Mütter!“

„Wir schneiden ihnen die *cojones* ab!"

„Ja, die *cojones!* Wir verfüttern sie an unsere Hunde!"

Fuente schließt seine Augen, als dächte er nach. Hebt dann die Hand, bringt seine Leute mit einer winzigen Geste zum Schweigen.

„Wir brennen ihre Häuser nieder", meint er ruhig. „Wir schänden ihre Mütter und schneiden ihnen die *cojones* ab. Was hält ihr von meiner Idee?"

Kurz herrscht ergriffene Stille, doch wie auf ein Zeichen setzt ohrenbetäubender Jubel ein. Schon schnellen die Revolver aus den Halftern, springen hurtig in die schmutzigen Hände der Männer. Mit krachenden Salven spucken sie ihre bleiernen Kugeln zum Firmament, ein Feuerwerk, ein wahrer ballistischer Freudentanz hebt an. „Fuente! Fuente! Fuente!", skandiert die fröhliche Meute. *„Viva el jefe!"*

Doch gerade, als ihre Freude am größten ist, löst sich ein hagerer Schatten aus dem Hintergrund und tritt gemessenen Schrittes ans Feuer. Wer wagt es nur? Wer ist es wohl, der sich erkühnt, den Sturm des Beifalls für Lobo Fuente zu stören? Nur einer, ein Einziger darf dergleichen ungeschoren tun: Andrés Verdulero, den man den Geheimnisvollen nennt.

Die Waffen schweigen. Ein furchtsames Raunen geht durch die Menge. Er ist es: Verdulero, der Denker und Dunkelmann, Verdulero, der Intrigant und Fadenzieher, Verdulero, dem *El Orinal* wie keinem anderen vertraut. Die *bandidos* kamen und gingen, nur Verdulero war gegangen und wiedergekommen: Er hatte sich ins Gringoland aufgemacht, um sein Glück zu probieren, war weiter- und weitergezogen, zu Fuß, auf dem Pferd und sogar mit dem Schiff übers große Wasser, bis in das Land, aus dem einst die Gringos gekommen waren, und weiter noch in das dunkle, gefährliche Herz des Alten Kontinents, den man voll Ehrfurcht *Europa* nannte.

Der Hagere lässt, scheinbar gelangweilt, seine wässrigen

Augen durch die Runde wandern, zwei winzigen glitzernden Schweifsternen gleich, bis sie auf Lobo Fuente zu ruhen kommen.

„Erinnerst du dich", beginnt er nun leise zu sprechen, „an diesen Reisfresser, der vor drei Jahren durch unser Gebiet gezogen ist? Du weißt schon, dieser hinterhältige Handkantenkämpfer."

„Ja", brummt Lobo Fuente verstimmt. „Ich kann mich erinnern." Er denkt nicht gern an jene Zeit zurück. Der Chinese hatte fünf seiner Leute mit bloßen Händen bewusstlos geschlagen, so schnell, man wusste gar nicht, wie einem geschah. Und noch bevor ihn der Rest der Bande fangen und aufknüpfen konnte, war er schon wieder verschwunden, war weitergezogen ins Gringoland.

„Und weißt du auch", fährt Verdulero fort, „was der immer gesagt hat?"

„Ziel und geh weg", meint Fuente. „Nein, es war ... *Weg mit dem Ziel,* oder *Das Ziel ist weg* ... Irgend so was."

„Der Weg ist das Ziel." Andrés Verdulero lächelt milde und legt eine Kunstpause ein. „Ich habe nachgedacht, *jefe.* Das Schlitzauge hatte Recht."

„Was willst du damit andeuten?"

„Ganz einfach: Die Frage muss lauten: Was wollen wir eigentlich? Was ist unser Ziel? Na? Könnt ihr's mir sagen?", wendet sich jetzt Verdulero den Männern zu.

„Gold!", ruft Carlos Prado, ohne lang zu überlegen.

„Tequila!", brüllt ein anderer.

„Weiber! Fressen! Tausend *chicas* zum Vernaschen!", ein Dritter.

„Gut", meint Verdulero nun. „Sehr gut. Und jetzt sagt mir: Wollt ihr euch dafür erschießen lassen?"

„Ja!", schreien da zwei oder drei. *„Viva el jefe!* Wir schneiden ihnen die *cojones* ab!" Sie haben wohl nicht so recht verstanden, worauf Verdulero hinauswill. Die anderen aber verfallen in dumpfes, brütendes Schweigen. Bis Lobo Fuente mit frostigem Tonfall erwidert: „Hast du etwa eine bessere Idee?"

„Allerdings." Andrés Verdulero hält dem kalten, schneidenden Blick des Anführers stand. „Gebt Acht; ich will euch etwas zeigen." Er tritt zu einem der Männer und zieht ihn sanft in die Mitte des Kreises. „Wie heißt du, *amigo?*"

„Coco." Klein und dicklich ist der Mann, der nun mit verlegenem Lächeln von einem Bein aufs andere tritt. „Don Coco ..."

„Nur mit der Ruhe, *amigo*. Du machst das sehr gut. Schöne Uhr, die du da trägst. Woher hast du sie?"

Stolz wiegt der Dicke die schwere, silberne Taschenuhr in seiner Rechten und überlegt. „Vom Bäcker", sagt er dann. „Vom Bäcker aus Chipulchica. Der hat jetzt so viel Zeit, dass er sie nicht mehr braucht." Don Coco grinst, und mit ihm brechen die *bandidos* in Gelächter aus.

„Du bist lustig, Don Coco. Und du trägst das Herz am rechten Fleck. Gib mir deine Uhr ..."

Während Andrés Verdulero noch die Hand ausstreckt, um Don Coco seinen silbernen Schatz abzunehmen, ist dieser bereits zurückgewichen und hat die Revolver gezogen. Blitzschnell, zwei Stück, weil doppelt hält besser, vor allem in der rauen Wildnis Mexikos.

„Ich werd dir etwas anderes geben!", zischt grimmig der Dicke.

Da lässt Verdulero den Arm sinken, zuckt mit gespielter Betrübnis die Achseln und meint: „Schade ... Und ich hielt dich für einen aufrechten *Fuentista ...*"

„*Fuentista?*" Don Coco runzelt die Stirne. „Was meinst du damit: *Fuentista?*"

„Ganz einfach." Verdulero spreizt seine Hände. Legt mit ausholender Geste die Finger aneinander und beginnt nach einer scheinbaren Gedankenpause zu erklären: *„Los Fuentistas,* so heißt ab heute die Bande, nein, die *Partei* unseres tapferen und gerechten Anführers, des großen Lobo Fuente. Und wer sich seiner weisen Führung anvertraut, um schon in naher Zukunft aus einer silbernen Taschenuhr hundert goldene zu machen", Verdulero öffnet die Hände wie eine sonnenhungrige Kaktusblüte, „ist demzufolge *Fuentista.*"

Ergriffenes Schweigen. Verstört und beschämt schiebt Don Coco die Waffen zurück in die Halfter. „Aber", sagt er schließlich kleinlaut, „was hat das mit meiner Uhr zu tun?"

„Lobo Fuente", erklärt Verdulero mit dem milden Gestus eines Volksschullehrers, „Lobo Fuente ist Kapitän und Steuermann der *Fuentistas.* Er achtet darauf, dass unser Schiff gute Fahrt und Beute macht und dass es keinen Schaden nimmt. Meinst du nicht, Don Coco, dass ihm dafür eine Belohnung gebührt? Na siehst du. Und weil sie ihm dafür, dass er am Steuer steht, gebührt, wollen wir sie auch *Steuer* oder *Gebühr* nennen."

Und wieder ergriffenes Schweigen.

„Verstehst du, Don Coco? Die *Fuentistas* zählen auf dich."

Zögernd zunächst, doch ohne ein weiteres Widerwort reicht Don Coco Andrés Verdulero die silberne Uhr. Der nimmt sie eilends an sich, um sie sodann triumphierend den Männern zu zeigen.

„Und? Hab ich mich dafür erschießen lassen müssen?"

Verwirrt starrt Lobo Fuente ihn an. Wohl braucht es eine Weile, bis sich ihm der Sinn der Rede Verduleros offenbart, doch dann, mit einem Mal, verzerrt ein breites Lachen seinen schmalen Mund. Und seine schlanken Hände applaudieren.

„Großartig", ruft Lobo Fuente. „Und diese Gelassenheit!"

Begeistert stimmen nun auch die anderen zu. *„Viva Fuente! Viva los Fuentistas!"*

„Seht ihr also?", meint Verdulero, als wieder Ruhe eingekehrt ist. „Genauso wollen wir es mit den Leuten von Chipulchica machen – natürlich nur, wenn unser Steuermann das vorschlägt", fügt er mit einer kleinen, devoten Verbeugung vor *El Orinal* hinzu.

Es wird spät im Lager der *Fuentistas.* Sie sitzen bis tief in die Nacht am lodernden Feuer und lassen die Köpfe rauchen. Lobo Fuente hat entschieden, die Bewohner Chipulchicas mit List statt mit Waffen zu schlagen, und jeder Einfall der Männer wird nun von Carlos Prado auf ein großes Stück Ziegenleder geschrieben.

„Sie sollen uns ihre Gewehre geben", lässt sich einer vernehmen.

„Gute Idee", sagt Andrés Verdulero. „Passt auf: Im Dienste der kommunalen Sicherheit werden die Bürger Chipulchicas dazu aufgefordert, Waffen aller Art den zuständigen Behörden zur weiteren fachgerechten Entsorgung auszuhändigen."

Zustimmendes Nicken Lobo Fuentes. „Na schreib schon!", meint er zu Carlos Prado gewandt, der Verdulero staunend und bewundernd ansieht.

„Die dreckigen *gringos* sollen verschwinden!", wird jetzt eine weitere Stimme laut.

Andrés Verdulero denkt nach. „Weiß jemand ein freundlicheres Wort für *verschwinden?*"

„*Abhauen* vielleicht?"

„Nein, wartet, ich hab's: Aufgrund der angespannten Arbeitsmarktsituation hält die chipulchicanische Ortsverwaltung eine sofortige Minuszuwanderung für unumgänglich. Ausländische Staatsbürger, die der Aufforderung zur Abwanderung nicht umgehend Folge leisten, werden von den dazu ermächtigten Kontaktbereichsbeamten in Verwahrung genommen."

„Minuszuwanderung ...", murmelt beifällig Ernesto Callejon. „Genial, Verdulero, einfach genial."

Carlos Prado blickt nun wieder von seiner Ziegenhaut auf.

„Sie sollen uns mehr Gold geben als bisher. Zur Strafe."

„Mehr Gold als bisher ... Gut. Sehr gut, Carlos. Also schreib: Der infolge der Durchführung obgenannter Maßnahmen eingetretene erhöhte Verwaltungsaufwand macht eine generelle Tarifanpassung notwendig. Auskunft über die ab sofort gültigen Gebührensätze erteilt Ihnen gerne Ihr Inkassant."

„Inkassant?"

„Ja, Carlos. In gewisser Weise sind wir alle Inkassanten. Aber", Verdulero klopft Prado begütigend auf die Schulter, „du bist und bleibst natürlich unser Schatzmeister."

„Na, wenn das so ist ... *Bueno.*"

„Noch irgendwelche Vorschläge?"

„Was ist mit den Weibern? Wir wollen sie schänden!"

„*Caramba!* Ja! Das gehört zur Tradition!"

„Verstehe ... Schänden ... Das ist schwer zu formulieren."

Nun mischt sich auch *El Orinal* wieder in das Gespräch. „Wie wäre es", meint er möglichst gelassen, „mit: Die zeitweilige und vorübergehende Spontanbestäubung weiblicher Humanressourcen durch autorisierte Amtsorgane ist Teil der umfassenden Reformen und dient der allgemeinen Flexibilisierung ...?"

Eines muss man ihm lassen: Er lernt rasch, Lobo Fuente. Jetzt beugt er sich zu Andrés Verdulero hinüber und flüstert ihm etwas ins Ohr. Verdulero nickt lächelnd und wendet sich nach einer kurzen Nachdenkpause Carlos Prado zu:

„Ein letzter Absatz noch, Carlos: Im Zuge der zur Hebung des Gemeinwohls eingeleiteten Umstrukturierung wird ein der Bedeutung Chipulchicas und seiner Honoratioren angemessenes Rathaus errichtet. Die zu diesem Zweck geplante Sanierung zentraler Teile der Ortschaft macht den Abriss, nein, warte ... den Rückbau bereits vorhandener Bausubstanz unerlässlich. Um ihre Eigenverantwortung zu stärken, werden die Eigentümer der betroffenen Liegenschaften dazu aufgefordert, diese rasch und ohne Widerspruch zu räumen und sich dem Schätzwert ihrer Anwesen entsprechend an den Erstehungskosten des neuen Gebäudes zu beteiligen."

„Alle Achtung, Verdulero", murmelt Lobo Fuente. „Du hast etwas gut bei mir." Dann aber steht er auf, ergreift die Ziegenhaut und schwenkt sie wie ein heiliges Banner im Schein des Feuers hin und her. „*Viva los Fuentistas!*"

„*Viva!*", brüllen da wie ein Mann die *pistoleros*. „*Viva los Fuentistas!*"

Noch in derselben Nacht entsandte Lobo Fuente eine Delegation seiner Leute nach Chipulchica. Ernesto Callejon wurde die Ehre zuteil, das eng beschriebene Ziegenleder an der Pforte der kleinen Kirche auf dem Hauptplatz anzubringen.

Am nächsten Morgen entdeckte einer der *campesinos* den Anschlag.

Mittags wurden die sieben *gringos* geteert und gefedert aus dem Ort getrieben.

Und abends wurde gefeiert.

Nie zuvor hatte Chipulchica solchen Jubel erlebt. Drei Tage lang wurde gesungen, getanzt und getrunken. Vorbei war nun endlich die quälende Knechtschaft, gestillt war der ewige Hunger nach Ordnung, Recht und Gesetz. Die Bauern brannten lachend ihre Höfe nieder, um Platz zu schaffen, Platz für das neue Rathaus, das ihnen und ihrer Regierung zur Ehre gereichen sollte.

Lobo Fuente aber wurde sesshaft. Wenige Monate später bezog er mit seinen Männern den prunkvollen Gemeindepalast, den ihm die dankbaren Bürger errichtet hatten. Auf Anraten Andrés Verduleros entschied er sich zur Gründung einer weiteren Partei, die er *Los Lobos* nannte, und führte freie Wahlen ein, deren Ausgang er stets mit bewundernswerter Gelassenheit entgegensah.

Nur eines konnte *El Orinal* nicht verstehen: Don Cocos silberne Taschenuhr war verschwunden, obwohl sie doch eigentlich ihm, dem *jefe,* gebührte. Andrés Verdulero behauptete steif und fest, er habe sie ordnungsgemäß Carlos Prado, dem Schatzmeister, übergeben, doch dieser beschwor, sie nie erhalten zu haben. Wenig später lenkten die beiden den Verdacht auf Ernesto Callejon, der aber mit aller Entschiedenheit abstritt, irgendetwas über den Verbleib der Uhr zu wissen. „Wahrscheinlich haben die *gringos* sie gestohlen", murmelte er.

So kam es, dass die silberne Uhr nicht wieder auftauchte und Lobo Fuente schließlich mit hundert goldenen Vorlieb nehmen musste.

Eines späten Vormittags, während seine Schüler gerade die Berge, Flüsse und Städte Europas auswendig lernten, beschloss Julius Bemmerl, sich ein wenig im Raumschiff umzusehen. Er passierte die offene Schleuse des Translators und durchschritt bald die weit verzweigten, gewundenen Flure, als ihn plötzlich ein leises Geräusch aufhorchen ließ.

„Muh", ertönte es fern, aber deutlich hinter einer der stählernen Platten, die den Korridor säumten. „Muh."

Zwar wollte es Bemmerl nicht gelingen, den Mechanismus in Gang zu setzen, der, wie es schien, zum Öffnen der Türen diente, doch reichte sein geschulter Verstand dazu aus, das vertraute Geräusch zu identifizieren. Der Lehrer zählte also zwei und zwei zusammen, um – wie sollte es anders sein – auf vier zu kommen: drei Zwyglorfs nämlich und eine Kuh.

„Diese Schlingel", brummte Bemmerl kopfschüttelnd und kehrte unverzüglich in den Translator zurück, um Holk, Drü und Drimmel zur Rede zu stellen.

„Es ist mir, meine Herren", sagte er, „keineswegs daran gelegen, hier irgendjemanden zu Unrecht zu verdächtigen. Gleichwohl sehe ich mich dazu gezwungen, euch einige Fragen zu stellen. Fragen, die, das will ich gleich einmal vorausschicken, von größter Wichtigkeit für die Weiterführung unserer Arbeit sind. Ihr braucht nämlich nicht erst zu glauben, dass ich das hier zu meinem Privatvergnügen mache. Als Pensionist könnt ich schon längst auf Bali oder sonst wo mit der Seele baumeln, statt mich da heroben mit euch herumzuärgern."

Hier allerdings schwindelte Bemmerl ein bisschen: Seine Bereitschaft, an Bord des Zwyglorfschiffes zu verweilen, hing nicht zuletzt mit seiner Hoffnung zusammen, auf diese Art noch etwas von der Welt sehen zu können, bevor er den Rohrstock abgab, um in die ewigen Lehrgründe einzugehen. Weder Bemmerls Gehalt noch seine Rente hatten je für eine Fahrt nach Bali gereicht, geschweige denn für eine Weltreise. Man muss dem Lehrer jedoch seine kleine Finte verzeihen: Die Kunst der Erziehung ist zuweilen auch die Kunst der Flunkerei.

Holk, Drü und Drimmel wirkten verstört. Sie starrten auf ihre Fußnäpfchen und rollten betreten die Schläfenlappen ein.

„Aber … was haben wir denn getan?“, fragte Drimmel schließlich kleinlaut.

„So, so. Ihr wisst es also nicht. Und woher, wenn ich fragen darf, kommt die Kuh auf eurem Schiff?“

„Ach so!“, Holk brach in klatschendes, von Mandelduft begleitetes Gelächter aus. „Unser Gast! Wir meinen unseren Gast!“

Es sei hier nur nebenbei angemerkt, dass die Zwyglorfs inzwischen auch den Lehrer mit dem glorfüblichen Wir titulierten: ein untrügliches Zeichen dafür, dass sie ihn als ihresgleichen angenommen und ins Herz geschlossen hatten.

„Das ist kein Gast, das ist ein Nutztier!“, wetterte Bemmerl mit unverminderter Strenge. „Wo habt ihr es her?“

„Von unten, von der Wiese. Es ist freiwillig mit uns gekommen.“

Nach und nach erst begann Bemmerl die eigentliche Problematik zu erkennen. Die Zwyglorfs schienen keinen Sinn für Gut und Eigentum zu besitzen: ein krasser Fall von Kulturdivergenz, wenn auch im Grunde nicht mehr als ein intergalaktisches Missverständnis. Also ließ er die Kuh in den Translator bringen, um seinen Schülern *Anschauungsunterricht* zu erteilen, wie er es gerne nannte.

„Da schauts her. Seht ihr’s? Da im Ohr … ein Stecker, eine Marke. Lies uns vor, was draufsteht, Drimmel.“

„F… L … A … 048“, las Drimmel stockend.

„Na bitte! Und was heißt das? Das heißt“, fuhr Bemmerl fort, ohne eine Antwort abzuwarten, „dass die Kuh dem Loisl gehört, dem Fladnitzerbuben. Diebstahl nennt man das bei uns! Verstehts ihr? Diebstahl! Ihr könnts ihm das Vieh doch nicht einfach so wegnehmen!“

Verwirrt blickten die Zwyglorfs ihren Lehrer an. Sie verstanden zwar nicht, was er meinte, doch es war ihnen durchaus bewusst, dass sie offenbar etwas sehr, sehr Außerirdisches getan hatten.

„Dann ... bringen wir sie halt zurück ...“, murmelte Drü mit tiefem Bedauern und tätschelte der Kuh das Hinterteil.

„Gras“, raunte Holk dem Tier ins Ohr.

„Muh“, ließ sich umgehend der Translator vernehmen.

Julius Bemmerl betrachtete die Szene mit Erstaunen und wohl auch ein wenig Rührung, denn mit merklich sanfterer Stimme sagte er jetzt: „Vielleicht könnt ihr sie dem Lois ja abkaufen ...“

Zehn Minuten später wurde Alois Fladnitzer das späte Glück zuteil, einen alten Kindheitstraum erfüllt zu sehen: einmal seinem Lehrer Bemmerl so gegenüberzustehen, wie Gott ihn geschaffen hatte. Oder – wie in diesem Fall – gegenüberzuschweben, was der Sache infolge der fehlenden Gravitation noch einen zusätzlichen Reiz verlieh.

„Ja also, Loisl“, begann Bemmerl und räusperte sich, „die ... Herren da möchten dir ein Geschäft vorschlagen.“

Fladnitzer war nur allzu gern bereit, die Kuh zu verkaufen. Nicht nur, dass sie schon reichlich betagt war, er hatte sie auch längst schon für verloren gehalten, für gestohlen vielleicht, für ausgebüxt oder gar für tot. Umso mehr freute es den Bauern, nun doch noch einen – sei es auch bescheidenen – Erlös für das altersschwache Tier erzielen zu können.

„Meinetwegen“, brummte er. „Um der Völkerfreundschaft willen. Obwohl ... Gern trenn ich mich ja nicht von meiner Alma ... Wie viel wollt’s denn zahlen?“

„Was meint er mit *zahlen?* Was sollen wir jetzt tun?“, flüsterte Holk Julius Bemmerl zu.

„Ihr müsst ihm etwas anbieten“, sagte der Lehrer. „Was ihr ihm halt für sein Viecherl geben wollt ...“

Lange war die Liste der für einen solchen Tausch in Frage kommenden Objekte nicht, wie sich Holk, Drü und Drimmel schweren Herzens eingestehen mussten: Die meisten Gegenstände an Bord erwiesen sich als unverzichtbar für ihre Mission. Sei es nun, dass sie der Sicherheit dienten wie die ungezählten Navigationsinstrumente, sei es, dass sie für die Durchführung des Forschungsauftrags selbst vonnöten waren. Am Ende blieb Fladnitzer nur eine Handvoll Dinge zur Auswahl: ein so genannter *Quaxlotrav,* eine Art Hypothetoskop, das auf Glorf zur Wettervorhersage verwendet wurde, eine *Schnüwingel,* mit der die Zwyglorfs ihre Fußnäpfchen enthornten, ein *Gul-Gul,* eine Art Lachsack, der auf Knopfdruck vielfältige Düfte verbreiten konnte (Drüs Nesthäkchen hatte ihm das Säckchen mit auf die Reise gegeben), und jener Gegenstand, für den sich der Bauer schließlich entschied: Drimmels *Mlö.*

Mlös werden grundsätzlich aus Silber gefertigt, das auf Glorf im Übermaß vorhanden ist und deshalb zu den unedlen Metallen zählt. Drimmel hatte die seine im Alter von zwei Jahren gebaut, wobei man zum besseren Verständnis sagen muss, dass die Dauer eines glorfschen Kalenderjahrs etwa der von vier irdischen entspricht. Später aber hatten sich Drimmels musikalische Ambitionen zunehmend auf die *Humba* verlagert, sodass er die *Mlö* in einer plötzlichen Gefühlsaufwallung für die Kuh den Alois Fladnitzer angebotenen Objekten beigefügt hatte.

Voreilig, wie sich herausstellen sollte: Kaum hatte sich der Bauer entschieden, tat es Drimmel auch schon leid. Eigentlich, dachte er, habe ich die *Mlö* schon immer viel lieber gespielt als die *Humba* …

Doch da war nichts mehr zu machen. Fladnitzer bedankte sich und verließ eilig das Schiff.

Zu Fladnitzers Ehre sei nun betont, dass er – jedenfalls zu diesem Zeitpunkt – den ideellen Wert der *Mlö* über den materiellen stellte. Als Mitglied des Watzdorfer Blasmusikvereins wollte er sich mit den sphärischen Klängen, die er dem außerirdischen Instrument zu entlocken hoffte, vor seinen Kameraden aufspielen – und zwar im wahrsten Sinn des Wortes. All die profanen Trompeten, Posaunen und Tuben würden – gleichsam errötend – verblassen, wenn erst die *Mlö* zum Einsatz kam. Die Glückseligkeit des Bauern über den gelungenen Tausch sollte aber bald einen empfindlichen Dämpfer erhalten: Dickköpfig, wie er war, bestand Fladnitzer darauf, das Instrument auf dem Begräbnis des Watzdorfer Altbürgermeisters einzuweihen, sodass man ihn nach wenigen Minuten schon mit Schimpf und Schande aus der Ortskapelle jagte.

Mlö.
Oj Mlö.
Oj gulabimba, oj gulabimbola Mlö.
Flü zimbolabimbola klapp flü klopp,
flü lollokolingola Mlö ...
Oj Mlö.

Man muss der Sprache Zwy nicht mächtig sein, um angesichts dieser Zeilen Drimmels Wehmut nachempfinden zu können. Er schrieb das Gedicht noch in derselben Nacht, und am nächsten Morgen erschien er wortkarg und müde zum Unterricht. Es vermochte seine Stimmung nicht zu heben, dass Julius Bemmerl die Zwyglorfs mit begeisterten Lobesworten überschüttete. Im Gegenteil: Drimmel sollte für den Rest des Tages in schweigsamer Schwermut versacken, umwölkt von den damit verbundenen schwefeldampfgeschwängerten Schläfenlappenschwaden.

„Bravo!“, rief Bemmerl. „Da sind wir ja einen Riesenschritt weitergekommen! Da habt ihr im Handumdrehen das A und O der menschlichen Zivilisation begriffen: den Handel, meine Herren, den Handel! Weil ohne Handel geht gar nichts auf der

Welt, verstehts ihr? Also schreibts auf: Der Bauer A hat einen Sack voll Äpfel, die er dem Bauern B um je zwanzig Cent verkaufen will ..."

„O", meinte Holk stirnrunzelnd. „Dem Bauern O."

„Wieso O?"

„Der A und der O ..."

„Ah so ... Na, meinetwegen. Der Bauer O hat jedenfalls ein Schweindl, das zwanzig Euro wert ist. Jetzt wie viele Äpfel muss der Bauer A ..."

„Und wenn man", fiel Drü dem Lehrer ins Wort, „wenn man nichts zum Handeln hat? Keine Äpfel, kein Schweindel, gar nichts?"

Zwar fühlte Bemmerl ob der ständigen Unterbrechungen einen leisen Ärger in sich aufsteigen, aber es gelang ihm, diesen noch im Ansatz zu bezwingen. Fragen sind der Motor des Wissens, und Antworten sind der Treibstoff, der diesen Motor am Laufen hält. Keine Interaktivität ohne Flexibilität: Dieses Motto hatte Bemmerl auf einem Fortbildungskurs in den Siebzigerjahren gelernt.

„Ja also ...", murmelte er. „Ja also das gibt's gar nicht, dass man gar nichts hat. Irgendwas hat man immer, mit dem man Geschäfte machen kann. Weil man nämlich nicht nur Sachen verkaufen kann, verstehts ihr? Auch Ideen kann man verkaufen, Gefühle und Gerüche, sogar die Zeit, vor allem die Zeit, und die hat schließlich jeder. Zeit ist Geld, heißt es bei uns ... Also machts jetzt weiter, sonst werden wir nie fertig."

Bemmerl diktierte. Die Zwyglorfs schrieben: Holk und Drü mit großem Eifer, Drimmel stockend und bedrückt. Wir hätten, so dachte er, die Kuh vielleicht auch für ein wenig Zeit oder Schwefeldunst bekommen ...

Im Schatten des Translators aber nahm der Prosagenerator schnurrend seine Arbeit auf.

Des Prosagenerators zweite Erdgeschichte
Schwarzer Freitag

Unweit der Klippen im Osten des York Moors befand sich der Landsitz der Crusoes, standen die Ställe, stand auch das steinerne Herrenhaus. Dicht umwölkt von schweren Nebeln, so lag es im Halblicht des englischen Nachmittags, lag und duckte sich tief in die saftige Heide. Feucht war es draußen und klamm, aber drinnen im Rauchsalon knisterte fröhlich ein Feuer im breiten Kamin.

„Hier bin ich, Master Robin …"

Von der Tür her klang heiser die Stimme des Schwarzen. Die Schultern schamhaft hochgezogen, war er auf der Schwelle stehen geblieben.

„Recht so!" Robinson Crusoe erhob sich aus einem der wuchtigen Ohrensessel. „Nur immer herein, mein Freund! Ich möchte dich jemandem vorstellen."

Zögernd kam der Schwarze nun näher, bis er eines weiteren Mannes gewahr wurde, der, ohne den Blick vom tanzenden Feuer zu wenden, vor dem Kamin saß und an seiner Pfeife sog.

„Das ist mein Cousin aus Bremen, Mister Kreutzner. Er ist heute Morgen hier angekommen."

„Ja, Master Robin … Guten Tag, Master Kreissna." Natürlich wusste er von der Ankunft des Gastes. Er hatte schließlich die Pferde versorgt und die Koffer ins Haus gebracht.

„Und das, Wilhelm, ist mein … ist Freitag, den ich aus Übersee mitgebracht habe."

„Dein Neger also …“ Der Pfeifenraucher wandte nun endlich den Kopf, um den Neuankömmling zu mustern. „Alle Achtung, gut gebaut … Wie ich höre, hat Mister Crusoe dir das Leben gerettet?“

„Ja, Master Kreissna … Freitag soll gegessen werden, aber Master Robin rettet. Freitag dann auch rettet Master Robin …“

„Gut gemacht, sehr gut … Warum setzt du dich nicht?“

„Ja, nimm nur Platz, mein Freund“, sagte nun auch Robinson Crusoe. „Ein Schluck Tee vielleicht?“

Der Schwarze nickte. „Danke, Master Robin …“ Er ließ sich auf der Kante eines freien Sessels nieder, rutschte hin und her, zupfte zwischen den Schenkeln am Stoff seines Beinkleids. Nach dem Klima war es die englische Mode, die ihm am meisten zu schaffen machte.

„Wunderst du dich darüber, dass du heute den Tee mit uns nimmst?“, fragte Crusoe wie nebenbei, während er vorsichtig eine der Porzellantassen füllte.

„Nein, Master Robin … Master Robin sagt, Freitag ist sein Freund, also wundert Freitag nicht … Na ja, vielleicht ein bisschen wundert …“

„Macht ja nichts. Zucker?“

„Ja, Master Robin … Danke, Master Robin …“

Crusoe stellte sich vor ihn und reichte ihm die Tasse. „Keine Angst, mein Lieber. Wir wollen nur ein wenig plaudern …“

„Ja, Master. Plaudern. Gut …“

„Darüber, wie es nun mit uns weitergeht, zum Beispiel.“

„Ja …“

„Mein Cousin, weißt du, er hat die lange Reise von Deutschland hierher gemacht, nur um dich zu sehen, Freitag.“

„Oh …“

„Er hat von dir in der Zeitung gelesen, von dir und von der Südsee. Von unseren Abenteuern und von unserer Rückkehr nach York.“

„Abenteuer, ja … Viele Abenteuer …“

„Weißt du, Mister Kreutzner ist ein wichtiger Mann in Deutschland, ein großer Häuptling sozusagen.“ Wie zur Bekräftigung seiner Worte riss Robinson die Augen auf und breitete die Arme aus. „Und jetzt ist er eigens zu uns gekommen, um … Wie soll ich sagen? Um uns einen Vorschlag zu machen. Ein Angebot.“

Nun war es an Freitag, die Augen aufzureißen. „Master Robin will … will Freitag verkaufen?“, stammelte er.

„Aber nein, nicht doch! Wann wirst du endlich verstehen, dass man nur Sklaven verkaufen kann? Du aber bist kein Sklave, das hab ich dir schon hundertmal erklärt. Soll ich es dir in deinen Schädel prügeln?“

„Nein, Master Robin …“

„Gut … Gut. Es geht darum, dass wir … Also kurz gesagt: Wir werden in die Südsee zurückkehren.“

Ein Klirren. Der kleine silberne Löffel sprang aus Freitags Tasse und fiel auf den Teppich. Hastig hob ihn der Schwarze wieder auf, mit zitternder Hand, bestürzt, beschämt, ja beinahe errötend.

„Aber … aber … warum denn nur? Vermisst Master Robin unsere Insel?“

Robinson warf den Kopf in den Nacken und stieß ein kurzes, ironisches Lachen aus. „Unser Eiland? Beileibe nicht, nein. Etwas anderes ist’s, das ich vermisse: eine Aufgabe nämlich, eine … Herausforderung.“

„Master Robin möchte Abenteuer?“

„Nun ja, wenn du es so formulieren willst … Ich finde, man muss etwas tun im Leben, verstehst du, Freitag, etwas weiterbringen, verändern. Seine Spuren hinterlassen, so wie du damals im Sand, bevor ich dich rettete. Mister Kreutzner und ich, wir haben Pläne gemacht. Gute Pläne. Und wir wollen dich um deine Hilfe bitten.“

„Ja, Master Robin …“

„Wir werden … deinem Stamm einen Besuch abstatten.“

Und wieder klirrte es. Die Tasse war Freitags Händen entglitten und auf den Boden gefallen. Statt sich jedoch danach zu bücken, sprang der Schwarze auf die Beine.

„Aber … Freitags Stamm will Freitag essen! Freitag will nicht gegessen werden! Freitag …“

„Ruhig, nur ruhig …“, unterbrach ihn Robinson und fasste ihn besänftigend am Arm. „Niemand wird dir etwas tun. Im Gegenteil: Wenn alles gut geht, werden wir dich … Wir werden dich zum Häuptling machen!“

Drei Tage später stach die kleine Flotte Kreutzners in See: zwei mit Söldnern bestückte Korvetten und ein bis unter die Planken beladener Schoner, der den verheißungsvollen Namen *Zukunft* trug. Auf der Brücke standen, eine steife Brise in den Haaren, Crusoe und Kreutzner; Freitag aber hatte sich mit sorgenvoller Miene unter Deck begeben.

„Nicht Freitag essen“, murmelte er vor sich hin. „Freitag nicht schmeckt gut, ist alt und zäh. Kartoffel schmecken gut …“ Er ließ das Schälmesser sinken und beschloss, sich ein wenig im Frachtraum umzusehen.

Hunderte Wannen, Fässer und Kanister waren hier festgezurrt, die meisten fest verschlossen und versiegelt, wie Freitag bald feststellen musste. Nach mehreren Versuchen erst gelang es ihm, eine der Tonnen zu öffnen: Sie war bis zum Rand mit einer übel riechenden Tinktur gefüllt. Freitag verzog das Gesicht und schloss hurtig den Deckel, um sich den Stapeln von Kisten zuzuwenden, die gleich daneben lagerten. Papier, nichts als Papier fand er darin: lose, einzelne Blätter, über und über mit jenen magischen Zeichen bedruckt, die Freitag aus Master Robins Arbeitszimmer kannte. Buchstaben: Das war der Name für diese winzigen, unschönen Kleckse. Man konnte sie sprechen, diese Zeichen, sogar singen – auch das wusste Freitag –, aber die Reden und Lieder der Weißen klangen so schwarz wie die Buchstaben selbst.

Der größte Teil des Laderaums wurde von einer eisernen Vorrichtung eingenommen, von einer mächtigen, aus Griffen und Stangen, Kessel und Kolben gefertigten Apparatur, deren Zweck sich Freitag auch nach minutiöser Untersuchung nicht erschließen wollte. Zwar erinnerte ihn die Maschine entfernt an die stählernen Wägen, die neuerdings fauchend und polternd durch London stampften, allein: Es fehlten die Räder. Freitag zuckte die Achseln und kehrte zu seinen Kartoffeln zurück.

Gegen den steten Südostpassat kreuzte die *Zukunft* über die Wellen, und nach vierzehn Wochen umschiffte sie das Kap der Guten Hoffnung. Zwei Monate später ließ man Australien links liegen, um nun endlich direkten Kurs auf das Ziel der Reise zu nehmen: Freitags Stammesinsel *Hualu*. Und eines frühen Morgens tauchten die Palmenspitzen des Kannibaleneilands aus dem Horizont.

An Bord der *Zukunft* setzte nun rege Geschäftigkeit ein. Segel mussten geborgen, Anker geworfen werden. Die zwei Korvetten drehten bei und legten längsseits an der *Zukunft* an. Robinson und Kreutzner krempelten die Ärmel hoch und kletterten hinunter in den Laderaum; ihre Mienen glänzten vor gespannter Zuversicht. Nicht lange, und das Schiff erbebte unter mehreren kräftigen Stößen; dichte Schwaden weißen Dampfes quollen aus der Luke, gefolgt von rhythmischem Stampfen und Fauchen: Die geheimnisvolle Maschine hatte ihre Arbeit aufgenommen.

Freitag staunte nicht schlecht, als Master Robin eine knappe Stunde später dem Schiffsrumpf entstieg, denn in seinen Armen hielt er – einen gewaltigen Klumpen glitzernden Eises. Gefrorenes Wasser: Freitag hatte es erstmals in England kennen gelernt, und er verband keine schönen Gedanken damit. Eines frostklirrenden Tages hatte er mehrere funkelnde Eisstücke aus der Gosse gekratzt und sie – im Glauben, es müsse sich um etwas Wertvolles handeln – tief in den Taschen seines Beinkleids verstaut. Später dann, beim Kartoffelschälen in Master Robins wohlgeheizter Küche, hatte die Wärme ihr thermodynamisches Werk verrichtet. Das verächtliche Lachen der Köchin beim Anblick seines nassen Schoßes würde Freitag nie wieder vergessen.

Während die Mannschaft der *Zukunft* noch Robinsons Eisblock bewunderte, stemmte Kreutzner schon den nächsten durch die Luke. Auf den Korvetten wurden die Geschütze klar gemacht, und bald darauf schon spie die erste der Kanonen ihre Ladung in den Himmel: klares, kaltes Eis, durch die Wucht der Detonation zu walnussgroßen Hagelkörnern geborsten. Sie stiegen auf, beschrieben einen funkelnden Bogen durch das wolkenlose Blau und prasselten schließlich auf die üppige Vegetation *Hualus* herab, in deren Schutz die Hütten der Eingeborenen standen. Salve um Salve wurde die Insel unter Beschuss genommen, und nach wenigen Minuten kamen die ersten Wilden an den Strand gelaufen. Nackt und kopfscheu sprangen sie umher: der primitive Tanz konfuser Pantheisten.

Freitag war in die Knie gegangen, er verbarg sich hinter der Reling, um sich den Blicken seiner einstigen Häscher zu entziehen. Plötzlich aber ging ein Ruck durch ihn, seine furchtsamen Augen wurden weich, und selbstvergessen erhob sich der Schwarze.

„Was ist? Was hast du gesehen?“, fragte Robinson, der neben ihm stand und an einem Eiswürfel lutschte.

„*Walalee,* Master Robin …“, antwortete Freitag leise, „*Walalee,* Freitags Tochter …“

„Hübsches Kind“, sagte Crusoe anerkennend. Dann begab er sich mittschiffs, um die Beiboote klar machen zu lassen.

Die Kanonen schwiegen. Nur das Rauschen des Meeres, das Plätschern der Ruder waren zu hören. Freitag – es hatte nur wenig Überredungskunst gebraucht, ihn zur Mitfahrt zu bewegen – legte sich ächzend in die Riemen, am Strand glotzten die Kannibalen den Booten entgegen. Hinter Freitag saßen Crusoe und Kreutzner, mehrere Kisten zu ihren Füßen: Es waren die papiergefüllten Truhen aus dem Laderaum.

Bis auf wenige Dutzend Meter hatte man sich der Insel genähert, als die Wilden ihren Angriff starteten. Die Fäuste drohend erhoben, stürzten sie mit markerschütterndem Gebrüll auf die Schaluppen zu.

„Teufel auch", schmunzelte Crusoe, indes Kreutzner den Befehl zur Verteidigung gab. Fröhlich hoben die Soldaten die Musketen, und schon ihre ersten Feuerstöße streckten nicht wenige Eingeborene nieder. Erst nach zahlreichen weiteren Treffern schien die zänkische Schar endlich friedlich gestimmt: Wer noch lebte, versteckte sich hinter den Palmen.

Durch das seichte, schillernde Wasser trug der brave Freitag Robinson zum Strand – Robinson selbst hatte schwer an einer der Kisten zu tragen.

„Nun liegt es an dir, mein Freund", meinte Crusoe. „Was Mister Kreutzner dir erklärt, das sollst du deinem Stamm in deiner Sprache weitersagen. Wir wollen das Vertrauen dieser ... Leute gewinnen, damit sie dich bald zum Häuptling machen."

„Ja, Master Robin."

Nachdem auch Kreutzner von Freitag an Land gebracht worden war, begann er seine Ansprache.

„Liebe Neger!", rief er und breitete lächelnd die Arme aus, „Wir sind eure Freunde!"

Kreutzner machte eine Pause, während Freitag seine Worte in die Sprache *Hualus* übertrug.

„Wir sind von weither gekommen, euch Frieden zu bringen!"

Kaum hatte Freitag fertig übersetzt, als von den Palmen her ein Ruf erschallte.

„Was hat er gesagt?", fragte Kreutzner leise.

„Er will wissen: Frieden wovor, Master Kreissna."

Kreutzner nickte, scheinbar nachdenklich. „Wovor auch immer!", rief er dann. „Zum Beispiel ... vor dem Wetter! Vor dem Tod! Sogar vor den Göttern!"

Gleich mehrere Stimmen drangen jetzt aus dem Unterholz.

„Auch Frieden vor dem harten Wasser, das heute vom Himmel auf das Dorf gestürzt ist?", übersetzte Freitag.

„Selbstverständlich! Das ist unsere leichteste Übung! Seht her", Kreutzner nahm einen Bogen Papier aus einer der Truhen, „hier steht es: Wer dieses Blatt besitzt, der braucht kein hartes Wasser mehr zu fürchten. Und wenn es seine Hütte dennoch trifft? Wir bauen ihm – Ja! Horcht und staunt! – Wir bauen ihm ganz einfach eine neue!"

Schon wagten sich die ersten Kannibalen hinter den Bäumen hervor.

„Was wollt ihr für dieses Friedenspapier?", riefen sie misstrauisch.

„Nun ... Was könnt ihr uns geben?"

Viel war es nicht, was die Hualuaner zu bieten hatten. Fisch und Muscheln wies Kreutzner zurück, Sand und Korallen lehnte er ab. So einigte man sich schließlich auf die Kokospalmen, mit denen die Insel reichlich bewachsen war. Nicht lange, und die Wilden drängten sich um Kreutzner, Crusoe und Freitag, um eines der Papiere zu ergattern.

Ganz anders die Soldaten, deren Arbeit fürs Erste erledigt war: Sie bildeten eine Reihe und warteten geduldig, um sich – einer nach dem anderen – an den Frauen und Mädchen des Dorfes zu vergehen. Robinson vermerkte es zu Recht mit patriotischen Gefühlen. „Echte Briten", zwinkerte er Kreutzner zu und deutete auf einen der Uniformierten, der sich – nur wenige Meter entfernt – auf Freitags Tochter *Walalee* geworfen hatte. „Ihr Deutschen seid nicht halb so kultiviert ..."

Die Kinder *Hualus,* sie hatten einen guten Tausch getan. Nie wieder sollte es auf ihre Hütten hageln. Und damit nicht genug: Nachdem die Hälfte der Bäume gerodet war, erbot sich der gütige Kreutzner, auf den Rest zu verzichten. Stattdessen sollten ihm die Wilden etwas geben, das sie ohnehin im Überfluss besaßen: ihre Zeit. So bauten sie nach seinen Plänen eine riesige Hütte aus Palmenholz, in deren weiten, lichtdurchfluteten Hallen sie fortan ihre Tage verbrachten. Kreutzner schenkte ihnen sogar Kleider, so überaus prächtig und farbenfroh, dass sich die Kunde vom fröhlichen Inselvolk über die Meere verbreitete. Von weither kamen schon bald Besucher gesegelt, um das Wunder zu bestaunen. In den Räumen des Gemeinschaftshauses konnte man sich von den glücklichen Wilden ein Lager errichten und sich köstliche, bunte Getränke bringen lassen, in denen kleine Stücke harten Wassers schwammen.

Nur Freitag schien dem Frieden noch nicht ganz zu trauen. Eines Tages trat er an Robinsons Seite, druckste ein wenig herum und murmelte dann: „Verzeiht die Frage, Master Robin, aber ... Wann wird Freitag endlich Häuptling sein?“

Als Crusoe nur wenige Tage danach an Bord der *Zukunft* ging, um wieder nach England zu reisen, ließ er seinen Freund als glücklichsten Wilden der Südsee zurück. Freitag stand vor dem prunkvollen Tor der Gemeinschaftshütte und trug voller Stolz sein rubinrotes Wams mit den goldenen Knöpfen zur Schau. Dass das Beinkleid im Schritt etwas spannte, konnte seine Seligkeit nicht mindern. Als Häuptling der Insel oblag es ihm, die Fremden zu begrüßen und ihre Koffer ins Haus zu tragen. Auch Prinzessin *Walalee* hatte ihre Bestimmung gefunden, eine Aufgabe, die den Ahnen *Hualus* und damit ihrem Vater zu weiterer Ehre gereichte: Abend für Abend tanzte sie unter dem Beifall der männlichen Gäste den Hula und bewahrte so die Stammestraditionen.

Um zwei Uhr nachts begann das Gebrüll. Gespenstisch hallte es durch die leeren Gänge des Raumschiffs. Julius Bemmerl war der Erste, der seinen – ziemlich verschlafenen – Kopf aus der Kajüte steckte. „Herrschaftsseiten!", rief er. „Was habts ihr Flegel denn jetzt wieder ang'stellt?"

Schon erschienen auch Holk und Drü auf dem Flur. Sie dufteten noch nach warmer Honigmilch, dem steten olfaktorischen Begleiter zwyglorfscher Träume. „Nichts", beteuerte Holk, „wir haben gar nichts getan, nur geschlafen."

„Oj lollobimpel", meinte Drü und rieb sich zwei seiner Augen. „Wir haben geträumt. Lollobimpel flü Ghott ..."

Gemeinsam machte man sich auf die Suche nach dem Ursprung des nächtlichen Aufruhrs und stand wenig später vor Drimmels Kabine, aus der die Schreie zu kommen schienen. Holk versuchte den Zugang zu öffnen (die Sitte des Anklopfens war nicht gebräuchlich auf Glorf), aber vergeblich: Offensichtlich hatte sich Drimmel in seiner Kammer verbarrikadiert.

Das war nun ein weiterer Schreck für Holk und Drü (auch verriegelte Türen waren den Zwyglorfs fremd), ein Schreck allerdings, dem bald schon ein dritter, noch größerer folgen sollte.

Nachdem sich die beiden erfolglos bemüht hatten, Drimmel zum Aufsperren zu bewegen, ergriff Julius Bemmerl das Wort. Er trat an die Tür und rief: „Drimmelbub! Kannst du mich hören?"

Keine Antwort. Laut genug, um die fortdauernden Klagelaute zu übertönen, aber in gleichwohl gütigem Tonfall sprach der Lehrer weiter: „Drimmelbub, wenn du Probleme hast, dann red mit mir. Du weißt, ich hab immer ein offenes Ohr für euch. Weil immerhin war ich ja selbst einmal ..." Das Wörtchen *jung* verkniff sich Bemmerl gerade noch. Weniger, weil er sich seiner eigenen Jugend nur noch schemenhaft entsann, sondern weil er – die Erkenntnis überfiel ihn siedend heiß – keine Ahnung hatte, wie alt seine Schüler eigentlich waren. Ein grober didaktischer Kunstfehler, wie er sich eingestehen musste. Bemmerl räusperte sich. „Schau“, sagte er dann und pochte sanft an die Tür. „Es ist ja nicht nur der Geist, sondern halt auch das Gemüt, um das man sich zu kümmern hat beim Menschen …“

„Schnixlo plö Mentzel! Wir sind kein Mensch!“, ließ sich nun endlich die gedämpfte Stimme Drimmels vernehmen. Seltsam war nur, dass sie synchron mit dem herzzerreißenden Brüllen ertönte. Aber bitte, dachte Bemmerl, wer weiß schon, wie viele Sprechorgane so ein Dreiäuger besitzen mag …

„Gemüt, sag ich“, wiederholte er unbeirrt. „Und wenn nicht beim Menschen, dann halt beim … Geschöpf an sich. Egal. Wenn dich was bedrückt, dann mach jetzt die Tür auf. Und wenn nicht, dann auch.“

Einmal mehr erwies es sich, dass Julius Bemmerl ein wahrer Meister im Umgang mit störrischen Zöglingen war: Ein kurzes, hektisches Scharren in Drimmels Kabine, und schon glitt lautlos die Tür zur Seite.

Holk und Drü zuckten zurück. Ihren Drüsen entströmte ein scharfer Gestank nach glosendem Gummi – auf Glorf das untrügliche Zeichen schwerer seelischer Erschütterung. Bemmerl dagegen schlug die Hände vor den Mund. Sein Gesicht nahm augenblicklich den grauen Farbton seines schütteren Haarkranzes an.

Drimmel stand vor ihnen, blutverschmiert bis über die Schläfen. Aus seinen Schnörrwinkeln baumelten borstige, triefende Fleischfetzen. Hinter ihm aber lag im schummrigen Licht der Kajüte die Kuh am Boden, schreiend vor Schmerz, und streckte alle dreie von sich: Ihr linkes Hinterbein war abgetrennt, roh aus dem Körper gerissen; der zottigen Wunde entsprudelten Fluten von Blut.

„Es schmeckt nicht“, meinte Drimmel ungerührt.

Julius Bemmerl oblag die unschöne Aufgabe, Almas Leiden ein Ende zu setzen – als Erdling, so murmelten Holk und Drü, müsse er in derlei Dingen ja Erfahrung haben. Wie er es anstellte, das siebenhundert Kilo schwere Tier zu Tode zu bringen, entzieht sich unserer Kenntnis. Der Lehrer wirkte jedenfalls erschöpft, als er durch die Schleuse in den Translator schwebte, wo sich die heftig streitenden Zwyglorfs schon versammelt hatten.

„Was haben wir getan!“, schrie Holk. „Wie konnten wir das tun?“

„Es war *unsere* Kuh!“, brüllte Drimmel zurück.

„Ganz recht! Es war unsere!“, mischte Drü sich ein.

„Nein, nein ... Wir meinen, es war *unsere! Unsere!*“ Drimmel rang hilflos die Tentakel. Ballte sie dann zu Fäusten und zischte: „Es war ... *meine!*“

Holk und Drü verstummten auf der Stelle. Entgeistert starrten sie Drimmel an. Diesen Begriff, dieses Wort aus dem Mund eines Zwyglorfs zu vernehmen, überstieg ihre Fassungskraft. Dennoch: Der Same der Einsicht, dass sich ein Lebewesen – auch sprachlich – gegen seinesgleichen abzugrenzen hatte, um als *Individuum* zu gelten, dieser von Drimmel gleichsam in den Raum gespuckte, unsichtbare Same schwebte nun auf Holk und Drü herab und nistete sich unweigerlich in ihren Seelen ein. Jetzt musste die Erkenntnis nur noch keimen – gleich neben jener übrigens, dass Hab und Gut ein *Individuum* noch *individueller* machen: je umfangreicher das Eigentum, desto bedeutender auch die persönliche Eigenart eines Geschöpfs.

Die so unvermittelt eingetretene Stille nutzte Julius Bemmerl, um seinen Schülern eine weitere Lehre zu erteilen: „Streiten“, meinte er leise und kratzte Reste geronnenen Bluts unter dem linken Daumennagel hervor, „Streiten bringt uns da jetzt auch nicht weiter. Lernen, das ja, meine Herren. Lernen, was Anstand und Ordnung heißt, Lernen, was im Leben gut ist und was schlecht ...“

„Ogolka bopplo Kuh. Polako plö Mlö“, brummte Drimmel trotzig. „Die Kuh hat schlecht geschmeckt. Sie war die Mlö nicht wert.“

„Es war unsere Kuh!“, brauste Drü gleich wieder auf. „Und jetzt ist sie tot!“

Bemmerl verließ den Translator ohne ein weiteres Wort. Sollten sich die drei doch zanken, solange sie wollten. Sollten sie sich prügeln, sich gegenseitig auf ihre hässlichen Dickköpfe eindreschen, und sei es die ganze restliche Nacht hindurch. Ihm war es egal. Bemmerl fühlte sich müde und ausgelaugt, er war mit seinem pädagogischen Latein am Ende. Später, als er in seiner Koje lag und – von düsteren Grübeleien wach gehalten – an die Decke starrte, da fasste er einen Entschluss. Er würde sich den Lebensabend nicht von einer dahergelaufenen Horde Rabauken vergällen lassen. Nein, er würde seinen wohlverdienten Ruhestand genießen – an Bord des Zwyglorfschiffes wohlgemerkt! – und seinen Unterricht auf das absolut nötige Mindestmaß beschränken: Dienst nach Vorschrift, aus und basta.

Die zuverlässigste Technik, um seine Schützlinge ruhig zu stellen, war ihm natürlich bekannt, auch wenn er sie – so wie das heute praktizierte Laisser-faire – seit jeher verabscheut hatte. Aber egal: Auch als alterprobter Schulmeister musste man in ständiger Bewegung bleiben, geistig flexibel sein und alternativen Erziehungsmethoden eine Chance geben.

Bemmerl drehte sich zur Seite und entschlummerte selig. Er würde einen Fernseher anschaffen.

„Wozu brauchen wir dieses Ding?“, fragte Drü.

Die Antwort Bemmerls ließ auf sich warten – das Verlegen der Kabel im gravitationsfreien Raum des Translators bereitete ihm größte Mühe. „Zum Fernsehen“, brummte er schließlich und wischte sich den Schweiß von der Stirn.

„Auf Glorf heißt das Weitblick", meinte Drimmel skeptisch. „Aber wir brauchen keinen gläsernen Kasten dazu."

Julius Bemmerl schob den Stecker in den Adapter, den die filigranen Greifarme des Bordcomputers in Windescile angefertigt hatten, und betätigte einen Knopf. Der Bildschirm flammte auf.

Augenblicklich saugten sich neun Augen am flimmernden Monitor fest. Ein winziger Mensch war da plötzlich zu sehen, der einen noch viel kleineren, nackten in seinen Armen hielt – einen irdischen *Ängel*, wie die drei Zwyglorfs vermuteten. Das dralle, in ein flauschig weißes Tuch gehüllte Baby lachte und strampelte, während der Mensch mit zufriedenem Ausdruck das Tuch beschnupperte. In diesem Moment setzte Musik ein: Ein ganzes Orchester, das aus humbaähnlichen Instrumenten zu bestehen schien, spielte eine süße, gemütvolle Melodie, dieweil eine lachende Menschin ins Bild trat, den Menschen küsste, dem Kind über den Kopf strich und sich dann – kaum konnten sie es glauben! – Holk, Drü und Drimmel zuwandte. Sie hielt den dreien eine rosafarbene Flasche entgegen und sagte etwas Ähnliches wie: „Sunny extra: der unendliche Duft der Frische!" oder „die Frische duftender Unendlichkeit!" Dann versanken die Menschin, der Mensch und der *Ängel* in einem Meer aus weißen Blüten, die fröhlich vom Himmel trudelten.

Die Zwyglorfs waren hingerissen. Eine so kurze, trotzdem prägnante und wohl gegliederte Geschichte hatten sie noch nie erzählt bekommen. Die prächtigen Bilder, die stilvolle Komposition, dazu die betörenden Klänge der irdischen Humbas: ein phänomenales Erlebnis, der pure, auf das Essenzielle reduzierte Kunstgenuss! Und man lernte noch etwas dabei!

Ehe Holk, Drü und Drimmel das Gesehene, Gehörte, Gefühlte verarbeiten konnten, begann schon die nächste Geschichte: Ein sehr erschöpfter Mann kam tief gebeugt aus einem hohen Glasgebäude getrottet, in dessen Front sich rot das Rund der untergehenden Sonne spiegelte. Er schleppte sich über einen menschenleeren Platz, griff in die Tasche und nahm einen silbrigen Gegenstand heraus – einen so genannten Schlüssel, wie Bemmerl geduldig erklärte. Schon beim Anblick dieses sichtlich magischen Objekts schien sich der Zustand des Mannes zu bessern: Sein Körper straffte sich, ein Lächeln glitt ihm über das Gesicht. Beschwingten Schrittes näherte er sich einem weiteren, viel größeren Metallobjekt und versenkte den Schlüssel darin.

„Auto …“, flüsterte Holk zutiefst bewegt, „da … Auto …“

Das Kraftfahrzeug an sich war Drimmel, Holk und Drü bereits von früheren Studien vertraut (Bemmerl, der selbst keinen Wagen besaß, hatte es als *heilige Kuh der Menschheit* bezeichnet, was das Interesse seiner kuhverliebten Schüler mächtig angestachelt hatte), aber trotz seiner evidenten Bedeutung im irdischen Schöpfungsplan hatten sie noch nie eines aus der Nähe gesehen.

Es war wunderschön, schöner noch als die verblichene Alma. Darüber herrschte stilles Einverständnis unter den Zwyglorfs.

Während der Mann in den Wagen stieg, ließ sich ein rauer Bariton vernehmen: „Messina Cabana: die Kunst der Freiheit.“ Dann sah man den Wagen durch Wüsten und Steppen fahren, über Salzseen und einsame Bergstraßen, und wieder ertönte Musik: „Messina! Messina! Cabaaana!“, sang ein unsichtbarer Chor aus engelhaften Stimmen.

Bemmerl war’s zufrieden. Leise verließ er den Raum, nicht ohne vorher – um weiteren Streit zu vermeiden – die Fernbedienung an sich genommen zu haben.

Des Prosagenerators dritte Erdgeschichte

Arche Johann

Es geschah in einer finsteren Nacht, dass sich der alte Mann in Johanns Träume schlich. Johann nahm ihn anfangs gar nicht wahr, und als er ihn dann doch bemerkte (so wie einem ein störender Fleck im Augenwinkel erst nach einer Weile bewusst wird), da ignorierte er ihn. Wie üblich hatte sich Johann am Abend betrunken, um nach der dritten Flasche Wein – gleich hier, auf einer Bank im Presshaus seines Hofs – in einen tiefen, todesähnlichen Schlaf zu sacken. Johann pflegte nie zu träumen, und er sah nicht ein, warum er diese Gewohnheit eines alten, zerknitterten Männleins wegen ändern sollte.

Wäre nur der Alte nicht so zudringlich gewesen!

„Johann", rief er mit zittriger Stimme, „Johann, hör zu, wenn ich rede mit dir!"

Da beschloss der gute Johann aufzuwachen, denn er war kein händelsüchtiger Mensch: Wenn ihm einer justament lästig sein wollte, so trat er eben den Rückzug an.

Doch in der Nacht darauf – nach dreieinhalb Flaschen Veltliner – war der Alte wieder da. „Johann, so lass dir was sagen! Schlaf jetzt weiter und hör zu! Es wird kommen eine große Flut zu tilgen den Schmutz von der Welt … Aber was erzähl ich dir, du kennst den ganzen Schmonzes aus der Kirche, möcht ich hoffen. Jedenfalls sollst du ein Schiff bauen, Johann. Ein Schiff, so groß, dass es von jedem Tier zwei Stück … Na, einen Musterkoffer halt von meiner Schöpfung."

Johann runzelte die Stirn. Immer noch träumend, griff er zur angebrochenen Flasche und schenkte sich nach. „Und woher soll ich wissen …"

„Dass ich wirklich ich bin?", unterbrach ihn verärgert der Alte. „Es ist immer das Gleiche mit euch, nie wollt ihr mir glauben. Was glotzt du? Soll ich zeigen meinen Ausweis?"

Johann schwieg und trank einen Schluck, worauf der Alte die Augen verdrehte und seufzte: „Natürlich … Ein Wunder möchtest du sehen, so wie alle. Von mir aus, soll sein. Dann sauf jetzt die Flasche aus … Ja, mach sie leer. Und morgen früh – Simsalabim – da wird sie wieder sein halb voll."

Und so kam es denn auch: Als Johann erwachte, da galt sein erster Blick der Flasche auf dem Tisch. Unangetastet stand sie vor ihm, keine Menschenseele schien seit gestern Abend daraus getrunken zu haben. Johann kostete ein, zwei Gläser, um den Inhalt zu prüfen: Es war – daran bestand kein Zweifel – sein selbst gekelterter Grüner Veltliner.

Trotz dieses offensichtlichen Wunders brauchte es noch ein weiteres, um Johann vollends von der Identität des nächtlichen Besuchers zu überzeugen. Am folgenden Abend trug er ein Fass voll Riesling ins Presshaus und eine mächtige Platte mit Würsten, Geselchtem und Braten, die ihm seine Frau, die Vroni, gerichtet hatte. Ohne die bereitgestellten Köstlichkeiten anzurühren, schlief er ein und harrte leise schnarchend seines Gastes. Der Alte ließ nicht lange auf sich warten. „Meschuggener Goi!", rief er kopfschüttelnd, sobald er Johanns Traum betreten hatte. „Was machst du da?"

Johann schob sich sogleich ein großes Stück Fleisch in den Mund. „Entschuldige", meinte er schmatzend, würgte und schluckte, spülte mit Welschriesling nach. „Ich wollte nur", er überlegte kurz, „ich wollte nur wissen … Wie soll es ausschauen, dieses Schiff?"

„Hast du Schmock eine Bibel?"

„Ich … Ja."

„Und kannst du womöglich auch lesen?"

Johann nickte stumm, mit vollem Mund.

„Dann nimm und lies nach." Der Alte hob den Zeigefinger. „Aber mach den Kahn nur halb so groß: Wir brauchen nicht so viel Platz wie beim letzten Mal."

„Nicht? Wieso denn?" Johann hob erstaunt den Kopf. Ein Schwall kleiner Bratenbröckchen spritzte auf das weiße, an ein Krankenhemd gemahnende Gewand des Alten.

„Wieso! Warum! Dann bau doch, wie du willst! Und wenn du fertig bist, holst du mir gleich die Auerochsen und die Atlasbären. Danach die Riesenalks, die Moas und die Dodos …"

„Aber … Wie soll ich … Sind die nicht alle längst ausgerottet?"

„Nu", brummte grimmig der Alte und wandte sich zum Gehen. „Noch Fragen?"

„Nur eine: Könntest du vielleicht …", Johann wies mit verlegener Geste auf seine im Schwinden begriffene Schlachtplatte, „ein letztes Mal noch …?"

Unmengen Schwein und Wein verdrückte Johann in dieser Nacht – am nächsten Morgen aber stand das Festmahl wieder völlig unberührt vor ihm. Und so machte sich Johann auf, die verstaubte Bibel aus dem Nachttisch zu holen und seine Familie über das Schiffsbauprojekt in Kenntnis zu setzen.

Johann hatte drei Söhne: Sepp, Franz und Wastel. Wie es der glückliche Zufall wollte, wohnten die drei noch am elterlichen Hof, auch wenn sie bereits verheiratet waren. Während ihre Frauen – Zenzi, Hanni und Gundi – Vroni bei der täglichen Hausarbeit halfen, gingen Sepp, Franz und Wastel dem Vater beim Weinbau zur Hand: junge Kräfte also, die es nun für die gute Sache zu nutzen galt.

Gemeinsam machten sich die Männer auf, um im nahe gelegenen Ort zu beschaffen, was sie zum Bau der Arche benötigten: Holz natürlich und Nägel, Lack und Leim und allerhand Werkzeug. Die Kunde vom verrückten Winzer, der sich (meilenweit vom nächsten Wasserlauf entfernt!) zum Reeder aufschwingen wollte, diese Kunde verbreitete sich wie ein Lauffeuer über die Dörfer. Und als Johann mit seinen Söhnen die Heimreise antrat, da folgte ihm nicht nur ein Pulk aus schwer beladenen Lastwägen, sondern auch ein eilends abgestellter Redakteur der örtlichen Provinzgazette.

Arche Johann: Wahnsinn oder Weltenrettung?, so lautete die Überschrift, die dieser seinem hastig verfassten Artikel voranstellte. Zwei Tage später schon prangte sie auf dem Deckblatt der *Winzerpostille*. Vier Tage, und man konnte sie – in leicht abgewandelter Form – auf allen Titelseiten der lokalen Presse finden. Und nach kaum einer Woche hatte die Nachricht die Hauptstadt erreicht.

Wenn einer was Außergewöhnliches tut, dann lässt die Niedertracht der anderen nur selten auf sich warten. Überall wurde Johann verlacht und verhöhnt, und bald schon spottete man auch im Ausland über ihn: Bis nach New York und San Francisco, nach Shanghai und Wladiwostok brandete die Welle aus Zynismus, Häme und Gehässigkeit.

Wenn einer was Außergewöhnliches tut, dann finden sich aber auch immer ein paar, die ihm helfen wollen, die – ungeachtet seiner augenfälligen Psychose – willens sind, ihn mit Rat und Tat und Waren aller Art zu unterstützen. So kam es auch, dass eines sonnigen Nachmittags die große Händlerkarawane Johanns Gehöft erreichte.

Billiges Straßenvolk, möchte man meinen, Schlepper und Nepper, Krämer und Schieber, Lumpengesindel, das mit verwahrlosten Karren durch die Landschaft zieht, um in hundertfach geflickten Zelten auf dem Grund und Boden anderer Leute zu kampieren. Weit gefehlt! Adrette junge Männer waren es, die sich in sportlichen Autos und schnittigen Anzügen vor Johanns Pforte einfanden, um ihm – wie sie es ausdrückten – ihre *Aufwartung* zu machen.

„Ein unschlagbarer Preis, mein Herr! Zweihundertachtzig Kanäle! Drei Jahre Garantie!"

„Wir brauchen kein Satellitenfernsehen. Es wird ja auch bald keine Sender mehr ..."

„Was heißt schon bald? Stellen Sie sich nur die lange Reise vor! Sie müssen an Ihre Familie denken!"

„Wir haben aber keinen Strom auf unserer ..."

„Derlei Probleme sind für uns ein Kinderspiel. Ich hätte da einen Top-Generator für Sie! Leistungsstark, robust, und was das Beste ist: zurzeit im Angebot!"

„Hören Sie, ich muss wieder ..."

„Aber der Schmutz! Der tägliche Schmutz auf dem Schiff! Wie wollen Sie denn saugen ohne Strom?"

„Wir besitzen einen Besen ..."

„Haha! Mir war fast, als hätte ich *Besen* verstanden! Entschuldigung, wie dumm von mir: Ein Mann von Welt wie Sie, der würde doch seine Gemahlin niemals einen Frachtdampfer auskehren lassen."

„Wir werden ohne Dampf ..."

„Unser brandneues Saugsystem entfernt nicht nur den Staub, es beseitigt auch lästige Gerüche! Ein sensationelles Gerät! Und, ganz im Vertrauen: supergünstig! Sie werden's mir danken, bei all diesen Tieren ..."

Johann warf ohne ein weiteres Wort die Tür ins Schloss und kehrte zurück in die Werkstatt. Mit Einbruch der Dämmerung ging er ins Presshaus, trank drei Flaschen Zweigelt und wartete auf das Erscheinen seines Auftraggebers.

„Schon wieder schikker wie Lot!", begrüßte ihn der missgelaunte Alte. „Was ist? Soll ich dir zaubern noch mehr Wein? Wie wenn ich hätt nichts Besseres zu tun?"

„Aber nein!“ Johann hob begütigend die Hände. „Ich habe eine andere Bitte: Diese Händler da draußen, diese Hausierer, die mich seit kurzem belagern ... Kannst du mir das Pack vielleicht vom Leibe halten? Sie gehen mir auf die Nerven. Schlimmer noch: Sie stehlen mir die Zeit. Ich muss mich doch um deine Arche kümmern ...“

Als sich am nächsten Morgen die Vertreterhorde wieder vor dem Bauernhof versammelte, da zog – wie aus dem Nichts – ein gigantisches Unwetter auf. Schon zuckten die Blitze vom plötzlich verdunkelten Himmel, ein wahres Stakkato aus gleißenden Lichtstrahlen, man konnte sie gar nicht mehr zählen. Und kaum, dass das Gewitter – schlagartig, wie es gekommen war – ein Ende fand, da trat die Spur der Verwüstung zutage: Drei Bäume, ein Ferkel und mehrere Hühner waren den Feuerstößen zum Opfer gefallen (was Johann berechtigterweise an der sicheren Hand des Alten zweifeln ließ), eine weitere Entladung aber hatte das anvisierte Ziel erreicht: Sie hatte eine der blauen Karossen getroffen, deren Besitzer, ein Generalagent für Tiefkühltruhen, hinter das Steuer geflüchtet war. Der Blitz war in das Blechdach eingeschlagen, um dann – den Rahmen entlang – geradewegs in den Boden zu fahren. Ein Knall, ein Ruck und ein blasser Vertreter, mit anderen Worten: Schall und Rauch. Nicht der geringste Schaden war entstanden.

„Dem Herrn sei Dank“, hauchte der Kühlschrankverkäufer. Zitternd ließ er den Wagen an und fuhr, so rasch er nur konnte, zurück in die Stadt.

Nicht anders seine Kollegen: Sie räumten das Feld. Wenn also die Mächte des Himmels an jenen der Erde gescheitert waren, so hatten sie doch einen Teilsieg errungen: Die Händler schienen bis auf weiteres in die Flucht geschlagen. Dass sie sich anderweitig neu formierten, um gewieftere Methoden des – wie sie es nannten – *Kundenkontakts* zu ersinnen, das konnte nicht einmal der Himmel ahnen.

Takuya Nimbus – Eleganz, die jedem Wetter trotzt! So lautete die Aufschrift auf dem riesigen Plakat, das eine Woche später vor Wastels und Gundis Schlafzimmerfenster aufgestellt wurde. Es zeigte ein Auto wie jenes, in dem der Vertreter dem Blitzschlag entgangen war. Nur, dass der Wagen lächelte. Inmitten einer – fast unwirklich schönen – tiefgrünen Aulandschaft stand er lässig auf den Hinterrädern und grinste eine dunkle Wolke an, die über ihm hing.

Tags darauf wurden weitere Poster affichiert: *Weliba Soft – die Sparmaschine! Töpfe, Teller und Kristall, Weliba umhegt sie all!*, stand vor dem Küchenfenster zu lesen. *Doktor Hagemann empfiehlt: Hagemann extra mit Lanofanol! Gehen Sie mit Power in den Tag!*, vor Sepps und Zenzis Badezimmer. Nicht lange, und der Winzerhof war von Plakatwänden, Litfaßsäulen und Transparenten eingekreist wie ein amerikanischer Siedlertreck von kriegerischen Indianern. Sogar eine Videowand installierte man, um – wie ein mit ihrer Errichtung beschäftigter Techniker Johann erklärte – auch den ländlichen Konsumenten an wichtigen *Produktinformationen* teilhaben lassen zu können.

„Ich bin kein Konsument", erklärte Johann.

Der Techniker lächelte nachsichtig.

Die Arbeit an der Arche war bis zu diesem Zeitpunkt gut vorangegangen. Johann, Sepp, Franz und Wastel sägten und hämmerten, schraubten und nieteten, was das Zeug hielt, sodass sich die oberen Schiffsdecks schon über die Giebel des Hauses erhoben. Eines Morgens aber legte Wastel seinen Hammer hin, stemmte die Fäuste in die Hüften und sagte mit leicht angespannter Stimme: „Wir müssen reden, Vater."

„Reden? Was willst du reden?"

„Das Schiff … Wir werden bald fertig sein."

„Ja und?"

„Dann werden wir die Tiere holen."

„Ganz recht. Aus dem Zoo, hat der Alte gesagt, weil in der Natur, da kann man die meisten nur noch mit der Lupe suchen. Und weiter?"

„Weißt du, Vater, ich … ich …", Wastel druckste ein wenig herum, bevor es aus ihm herausbrach: „Ich will einen *Takuya!*"

„Taku … wie?"

„Takuya Nimbus!", mischte sich nun auch Wastels Bruder Franz ein. „Das Auto, Vater! Das Auto!" Er ließ die Säge fallen und deutete zum Himmel. Über ihren Köpfen zog ein Doppeldecker seine Bahnen, hinter dem ein nachtblaues Spruchband flatterte: *Takuya Nimbus – Eleganz, die jedem Wetter trotzt!*

„Und was, bitte, sollen wir mit einem Auto, wenn die Welt untergeht?", fragte Johann, ehrlich erstaunt.

„Das Wasser wird ja irgendwann versickern!", ließ sich jetzt Sepp, der Erstgeborene, vernehmen und warf das Maßband auf den Boden. „Dann können wir herumfahren!"

„Herumfahren …" Johann starrte verwirrt von einem zum nächsten. „Herumfahren … Könnt ihr drei Genies mir auch verraten, wer das bezahlen soll?"

„Wir kaufen auf Raten!"

„Wir nehmen Kredit auf!"

„Den Rest erledigt die Flut!"

„Weliba", sagte Vroni und verschränkte entschieden die Arme vor der Brust. „Die neue *Weliba Soft.* Eine andere kommt mir nicht … in die Kombüse."

„Wo wir gerade dabei sind", warf Hanni ein, „der Franzl findet neuerdings, ich hätte zugenommen. Schau her", sie tippte mit dem Finger auf das Foto eines Hochglanzkatalogs, den sie rasch unter der Sitzbank hervorgezogen hatte, „der Kombitrainer von *Fairfit,* mit Stretching und Power-Massage … Den hätt ich gern."

„Und ihr?“, wandte sich Johann entnervt an Zenzi und Gundi. „Was wünscht ihr euch? Vielleicht ... einen Pool auf dem Oberdeck?“

Zenzi nickte schüchtern.

„Aber nicht ohne Solarium“, sagte Gundi.

Johann ließ sich auf einen der Küchenstühle fallen und starrte eine Weile vor sich hin. Wer ihn kannte (und die vier Frauen kannten ihn zur Genüge), der wusste: Johann war kurz davor, weich zu werden.

Irgendwann hob er den Kopf und blickte Vroni müde an. „Was sollen wir denn mit den Tieren machen? Wir haben doch nicht genug Platz ...“

„Dann lass die Elefanten eben da“, lächelte Vroni und strich ihm sanft übers schüttere Haar. „Wer braucht schon Elefanten?“

„Wie lange wirst du noch basteln?“, fragte das Männlein.

„Bis morgen“, gab Johann zur Antwort. „Morgen werden wir fertig sein.“ Er musterte sein Weinglas, als wolle er es vermeiden, dem Alten in die Augen zu sehen.

„Gut. Dann kannst du die Tiere holen. Und trödel mir ja nicht herum: In vierzehn Tagen geht es los.“

Verglichen mit dem Schleudern wohlgezielter Blitze ist die Inszenierung einer Sintflut eine Bagatelle. Zwar erfordert sie ein beachtliches Maß an Beherrschung der Naturgewalten, aber umso weniger Präzision. Das Verhältnis von Blitz zu Flut ähnelt am ehesten dem einer Uhrmacherpinzette zu einer Abrissbirne, und seine Abrissbirne hatte der Alte nun wirklich gut im Griff.

Zwei Wochen später ließ er den Regen beginnen. Einen kolossalischen, nie (oder höchstens erst einmal) da gewesenen Regen. Man könnte ihn als Wasserwand bezeichnen, die von der Erde in den finsteren Himmel ragte. Nur dass eine Wand in der Regel zwei Seiten besitzt, wohingegen der Regen des Männleins ein einziger, weltumspannender Wolkenbruch war.

Bald waren Wiesen und Felder mit Wasser gesättigt, es brach ihnen nun wie Schweiß aus den Poren; Rinnsale wuchsen zu Bächen an, Flüsse zu reißenden Strömen, die brodelnd über ihre Ufer brandeten und hoch und höher stiegen, um sich miteinander zu vereinen. Im gewaltigen Getöse einer Symphonie aus Donner und Gebraus wurden Städte und Dörfer, Menschen und Tiere verschlungen wie im Strudel eines göttlichen Aborts.

Johann erhob sich und betätigte die Spülung seiner *Sanitec-Pro* Vakuum-Toilette. Zwischen Kisten, Kartons und Containern hindurch bahnte er sich einen Weg zu den Liften und fuhr zum Panoramadeck hinauf. Zufrieden blickte er aufs Meer hinaus, auf dem noch eine Handvoll Boote durch die aufgewühlten Wogen schipperte. Wenn sie sich aus den Wellentälern kämpften, konnte man Leute darauf erkennen, die heftig zur Arche hin gestikulierten. Lieferanten wahrscheinlich, dachte Johann, die ihre Zustelltermine versäumt haben. Kein Problem. Man hatte alles, was man brauchte, und die Luken waren dicht. Wer jetzt noch versuchte, das Schiff zu betreten, der würde an der Secusafe Alarmanlage scheitern.

„*Secusafe Homeguard*“, summte Johann vor sich hin, „*Sicherheit in jeder Lage bis ans Ende aller Tage …*“

„Ach, hier bist du.“ Mit leisen Schritten trat Vroni an seine Seite und bedachte ihn mit sorgenvollen Blicken. „Johann, wir … Wir haben Tiere an Bord.“

„Völlig unmöglich.“

„Ich habe sie aber gesehen. Es sind … Ratten.“

„Auf dem zweiten Deck, mein Schatz, irgendwo hinter den Motorrädern, da findest du Rattengift …“

Vierzig Tage lang währte der Regen des Alten, dann aber teilte er das Gewölk, um sein Werk zu betrachten. Und er sah, dass es gut war. Besser, so befand er, würde es nicht werden. Still schloss das Männlein die Wolkendecke, strich noch ein letztes Mal darüber, so wie man den Kopf eines schlafenden Kindes streichelt, und wandte sich anderen Welten zu. Die Sonne nahm er mit.

Im Lauf der vergangenen Tage war der Translator an die Grenzen seiner Übersetzungskünste gestoßen. Ohne Pause schwebten die drei Zwyglorfs vor dem Fernsehapparat und saugten Geschichte um Geschichte auf. Schade nur, dass die facettenreichen Schilderungen all der wundervollen Dinge, die man als Erdling kaufen und besitzen konnte, gelegentlich von langweiligen Märchen unterbrochen wurden, deren tieferer Sinn sich Drimmel, Holk und Drü nicht recht erschließen wollte. Meistens spielten Eisenrohre eine Rolle, die auf verschiedene Weise Feuer zu spucken vermochten: Manche waren so klein, dass ein einzelner Mensch sie in der Hand halten konnte, andere so groß, dass sie auf wuchtigen Automobilen befestigt waren. Wieder andere konnten sogar fliegen. Zwischen diesen (in erzählerischer Hinsicht völlig unergiebigen) Bildern waren verschiedene Männer zu sehen, die mit ernsten Gesichtern zu den drei Zwyglorfs sprachen. Sie waren schwer zu unterscheiden, diese Männer: Durchwegs grau und reizlos, trug jeder von ihnen einen hässlichen Stofflappen vor der Brust, und auch ihre übrige Kleidung ließ darauf schließen, dass sie alle denselben depressiven Schneider hatten.

Die monotonen Reden der freudlosen Männer waren es auch, die den Translator endgültig außer Gefecht setzten: Kurz davor, mit durchgeschmorten Transistoren in den elektronischen Abyssus einzugehen, wurde er vom Bordcomputer abgeschaltet.

„Was ist denn? Was habt's denn schon wieder?“, fragte Julius Bemmerl, als er in die schummrige, vom bläulichen Licht des Bildschirms gespenstisch durchflackerte Kugelschale zurückkehrte. Er fühlte sich schwungvoll und frisch (kein Wunder, hatte er doch fast drei Tage durchgeschlafen), seine Schüler dagegen wirkten ratlos und erschöpft, einer wie der andere mit hängendem Geschnörr, umhüllt von faulig müffelnden Korianderschwaden.

„Gocklo plöm", murmelte Drimmel. „Plöm gocklo flö plöm."

Der Lehrer lauschte in den Raum, um die zwyschen Worte – wie gewohnt – übersetzt zu bekommen, doch der Translator schwieg. Scharfsinnig, wie er nun einmal war, erkannte Bemmerl sofort, dass der in keiner Weise aufschlussreichen Stille wohl ein technisches Problem zugrunde liegen musste. Und er hatte auch gleich eine Lösung parat.

„Wenn euer außerirdisches G'raffel kaputt ist", meinte er, „dann musst halt ordentlich reden, so wie ich dir's g'lernt hab!"

„Wir … verstehen nicht. Gar nichts verstehen wir", sagte Holk daraufhin, ohne seinen Blick von der Mattscheibe abzuwenden. Ein Mann mit kleinen, eng zusammenstehenden Augen war darauf zu sehen, dessen Brustlappen winzige Streifen und Sternchen schmückten. „Dieser Erdling spricht seltsam zu uns, Großmeister Bemmerl."

(Es gilt an dieser Stelle anzumerken, dass sich der Lehrer die Anrede *Großmeister Bemmerl* im kurzen Moment einer übermütigen Laune ausbedungen hatte. Neben einem gewissen Maß an Humor verfügte er nämlich auch über eine nostalgische Leidenschaft für das Mittelalter, für Ritterorden und magische Zirkel, und er war der Verlockung erlegen, diese Neigung nun endlich einmal ausleben zu können, ohne einen Verweis der Schulbehörde zu riskieren.)

„Natürlich spricht er seltsam. Das ist ja auch der Präsident von einem anderen Land, da können s' unsere schöne Sprache nicht."

„Nein, nein", entgegnete Drü, „das ist es nicht. Wir verstehen die Worte, aber nicht … den Sinn. Was meint er mit: *Ein stolzes Volk ist ausgezogen, um die Welt vom Bösen zu befreien? Was ist ein heiliger Krieg für den Frieden? Und was bedeutet es, die Feinde der Freiheit hinter Schloss und Riegel zu bringen?*"

Bemmerl seufzte. Ich hätte gut daran getan, so dachte er, einen anderen Sender zu wählen. Einen mit Musik vielleicht oder mit Zeichentrickfilmen. Aber zu spät. Er richtete die Fernbedienung auf den Fernseher und stellte ihn ab.

„Es gibt halt verschiedene Länder bei uns“, sagte er dann. „Große und kleine, kalte und warme, reiche und arme. In manchen sind die Leute weiß, in anderen schwarz oder gelb. Die einen beten nach Osten, wo die Sonne aufgeht, die anderen wieder nach Westen, wo die Wall Street ist. Und manchmal kommt's vor, dass sich die Länder nicht mögen. Dann streiten s' miteinander, und das nennt man Krieg.“

Eine schlichte, durchaus gelungene Darlegung, wie Bemmerl fand. Trotzdem schloss er aus den dümmlichen Mienen Drimmels, Drüs und Holks, dass sie nichts begriffen hatten. Während er noch überlegte, wie man die schillernde Bandbreite multilateraler Animositäten besser verdeutlichen konnte, meldete sich Holk zu Wort: „Wir holen uns einen“, sagte er.

„Was? Was wollts ihr euch holen?“

„So einen … Präsidenten. Der soll uns sagen, was er meint, wenn er aus diesem … diesem gläsernen Kasten redet.“

Bemmerl konnte ein Schmunzeln nicht unterdrücken: Diese Zwyglorfs waren wirklich ein naives Trio. Umso erstaunlicher, dass sie geschafft hatten, was der Menschheit bisher nicht gelungen war: im Weltall intelligentes Leben zu entdecken.

„Jetzt seids einmal vernünftig“, meinte der Lehrer mit gespielter Strenge. „Ihr könnts euch doch nicht einfach einen Präsidenten da heraufholen, weil … weil … Was täten denn die Leute ohne ihn? Die brauchen ihn doch auf der Erde.“

„Wozu?“, fragte Drü.

„Schau, Bub, im Land lebt das Volk, und das Volk wählt einen Präsidenten, damit er es führt, das Land. Ich hab euch das doch alles schon erklärt.“

„Wohin?“, fragte Holk.

„Was wohin?“

„Wohin führt er das Land?“

„Na ... Was weiß ich?“ Bemmerl rieb sich die Schläfen. „In eine bessere Zukunft halt.“

„Das hat der Mann im Weitblicker auch gesagt.“

„Fernseher“, seufzte Bemmerl. „Fernseher.“

„Großmeister Bemmerl?“

„Ja, was denn noch?“

„Wie wäre es, wenn wir uns einen Präsidenten suchen ... ohne Volk?“

Bemmerl lachte auf.

„Überall auf der Welt leben Leute“, dozierte er. „Außer an den Polen, wo es zu kalt ist. Und überall zwischen den Polen gibt es auch Präsidenten.“

„Und was ist dort?“, fragte Drimmel, der – mangels weiterer Fernsehbilder – aus einem der Bullaugen auf den sanft gerundeten Globus starrte.

„Wo?“

„Da unten!“ Drimmel deutete auf einen grünen, von Flüssen sanft durchwobenen Flecken Erde, der eben unter dem Raumschiff vorbeizog. „Scheint eine fruchtbare Gegend zu sein, aber Menschen sind keine zu sehen. Vielleicht finden wir da einen Präsidenten, der niemandem fehlt.“

„Unmöglich“, versetzte Bemmerl. Dann aber warf auch er einen Blick aus dem Fenster. „Wo sind wir denn hier?“

Holk und Drü begaben sich zum Schaltpult, um Zwysprache mit dem Computer zu halten. Sie hatten schon bald die Antwort parat.

„Ukraine“, sagte Holk.

„Tschernobyl“, präzisierte Drü.

Bemmerl vergrub das Gesicht in den Händen. Er beschloss, es für heute bei dieser kurzen Lektion bewenden zu lassen. Nachdem er den Zwyglorfs eindringlich verboten hatte, den

Präsidenten Tschernobyls an Bord zu beamen, begab er sich wieder in seine Kabine.

Über glorfschem Firmament
fanden wir (so hell und fern,
seismometrisch turbulent)
mit Entschlusskraft und Talent
den Erdenstern.
Divergent in den Akzenten
leben (unterschiedlich groß)
auf den Erdenkontinenten
so genannte Konsumenten
im Erdgeschoß.
Einer Handvoll Kontrahenten
(renitenten Dissidenten)
trotzt mit harten Argumenten,
eloquent und korpulent
der Präsident.

Drimmel schrieb also wieder Gedichte. Nun aber waren es keine irdischen Kühe und himmlischen *Mlös* mehr, die ihn beschäftigten – er hatte seine schmerzlichen Verluste mit einem Schlag überwunden. Das Denkmodell des Eigentums, so überlegte er nämlich im Stillen, ist eine Bagatelle gegen das Konzept der Macht. Über andere zu regieren heißt, das *Wir* zu beherrschen. Sich über das Wir zu erheben aber bedeutet, ein wahrlich großes *Ich* zu haben. Das höchste Maß an Individualität, schloss Drimmel, kann also nur ein Präsident erreichen.

Dass Holk und Drü zur selben Zeit ganz ähnlichen Gedankengängen folgten, konnte Drimmel freilich nicht wissen – ein großes *Ich* ist selten mit großer Empfindsamkeit gesegnet …

Als Julius Bemmerl noch in derselben Nacht die Schleusenkammer des Translators betrat (gewisse, düstere Vorahnungen hatten ihn aus seiner Koje getrieben), da kam ihm ein äußerst fröhlicher Drü entgegen.

„Wir haben ihn", meinte der Zwyglorf, dicht umwölkt von süßem Rosenduft. „Und sein Land ist so klein, dass ihn fast niemand vermisst."

„Sein Land?" Bemmerl riss entsetzt die Augen auf. „Wen habt ihr? Welches Land?"

Der nackte, beinahe haarlose Greis schwebte inmitten der Hohlkugel wie ein zu groß geratener Embryo im Mutterleib. Zitternd versuchte er seine Körpermitte zu bedecken (was ihm nur vorne gelang), während er unverständliche, an Zaubersprüche gemahnende Formeln vor sich hin murmelte. Zwar hatte der Translator – vom unaufhörlichen Sermon des Fernsehapparats befreit – seine Arbeit wieder aufgenommen, doch sprach der alte Mann zu leise für eine akkurate Synchronisation.

„Er ist brünstig", flüsterte Holk. „Könnt ihr es riechen, Großmeister Bemmerl?"

Auch dem Lehrer stieg nun der Geruch in die Nase. Ein altbekannter, würziger Geruch: der Duft von Weihrauch. Auf die nahe liegende (und völlig richtige) Vermutung, dass jenes Aroma auf Glorf den Vorgang der Autogamie einleitete, kam Bemmerl nicht. Er war zu sehr mit dem Versuch beschäftigt, einen Blick auf das Gesicht des Neuankömmlings zu erhaschen.

Für einen Moment schien die Zeit stillzustehen, doch dann hob der Alte den Kopf.

Des Prosagenerators vierte Erdgeschichte

Kaabas End

Wenn Bob Doors nicht so reich und überspannt gewesen wäre, dann wäre wohl alles ganz anders gekommen. So aber besaß er Einfluss genug, um seine grotesken Ideen in die Tat umzusetzen. Eines Vormittags trat er in Jim Trees Büro und rang die Hände.

„Verzeihen Sie die Verspätung, Mister President, aber der Himmel hängt mal wieder voller Helikopter: Montagmorgen und dann dieses Wetter ..."

„Schon gut, Bob", entgegnete Jim Tree, „ich werde ein paar davon abschießen lassen."

Bob stutzte, bis er das Schmunzeln auf Jims Gesicht bemerkte. Dann brachen beide in Gelächter aus.

„Übrigens, Bob", sagte der Präsident, nachdem er sich wieder beruhigt hatte, „du kannst mich ruhig Jim nennen, wie alle meine Freunde. Was führt dich zu mir?"

„Danke, Jim. Danke auch für den raschen Termin."

„Ich habe dich erst morgen erwartet", warf der Präsident ein.

„Morgen?" Bob Doors kramte in seiner Jacke und zog einen schimmernden Gegenstand hervor – einen Taschencomputer. „Aber mein kleiner Freund hier ... Na ja, die verflixte Technik."

„Macht ja nichts", sagte Jim Tree. „Ich bin sowieso meistens hier." Er beugte sich vor und streckte die Hand über den Schreibtisch. „Zeig mal her ... Hübsches Ding. Deine Erfindung?"

„Ja. Willst du ihn haben?"

„Danke." Der Präsident ließ den Computer in einer Schublade verschwinden. „Also, lass uns zur Sache kommen."

„Okay. Es ist so. Ich habe nachgedacht. Du weißt schon, über unser Problem."

„Das Problem also."

„Ja. Siehst du, die Schwierigkeit ist doch, dass das Denken im eigenen System gefangen bleibt: ein in sich geschlossener Regelkreis also. So kann man zu keiner Lösung kommen."

„Das verstehe ich nicht."

„Ich meine, es ist gewissermaßen eine Glaubensfrage: Wenn sich eine Katze in den Schwanz beißt, weil sie glaubt, der Schwanz sei ihr Feind, dann wird sie der Schmerz dazu bringen, noch fester zuzubeißen. Verstehst du?"

„Schwanz verstehe ich. Und was hat das mit unserem Problem zu tun?"

„Also gut." Bob Doors ließ den Blick suchend durch das Büro des Präsidenten gleiten. Schließlich nahm er einen goldenen Brieföffner und ein verschlossenes Kuvert vom Schreibtisch. „Nimm an", sagte er und hob den Umschlag, „das sind wir. Produktion, Expansion, freier Markt. Pools und Burger für alle."

„Ja. Das sind eindeutig wir."

„Und das", Bob Doors schwenkte den Brieföffner, „das sind die anderen."

„Die Dreckskerle", brummte der Präsident.

„Genau. Und warum", er schob die Spitze des Öffners in das Kuvert und schnitt es mit einer raschen Bewegung auf, „warum können die Dreckskerle uns den Stachel ins Fleisch treiben, wenn wir doch viel reicher und mächtiger sind?"

„Danke, dass du meine Post öffnest."

„Ich werde dir sagen, warum. Weil wir träge und unbeweglich sind."

„Ich jogge jeden Morgen."

Bob Doors seufzte auf; doch dann beschloss er, sich nicht aus der Ruhe bringen zu lassen. Er ließ den Brieföffner in den Umschlag gleiten und knüllte ihn zusammen. „Siehst du? Das ist es, was wir tun. Wir versuchen, sie zu schlucken."

„Sie sind ja auch ein Zukunftsmarkt", erwiderte der Präsident. An der erstaunten Miene seines Gesprächspartners merkte er, dass er etwas Kluges gesagt hatte.

„Absolut richtig, Jim. Aber was tut dieser Zukunftsmarkt?" Bob Doors trieb die Klinge des Brieföffners durch das zerknitterte Kuvert. Der Umschlag zerriss.

„Hör mal, der Brief ist vom Dalai Lama …"

„Vergiss den Dalai Lama. Es gibt nur noch zwei Religionen: Unsere und ihre. Den Markt und die … Moslems."

Der Präsident zuckte zusammen. „Nicht dieses Wort!", stöhnte er. „Und was ist dann mit den Christen?", setzte er nach einer Weile hinzu. „Mit den Juden und den Hindus?"

„Peanuts", winkte Bob Doors ab. „Peanuts. Die sind längst auf unserer Seite."

„Zugegeben. Was schlägst du nun vor?"

Bob Doors warf den zerfetzten Brief in den großen Papierkorb, der neben dem Schreibtisch stand, holte einen weiteren Gegenstand aus seiner Jackentasche und reichte ihn dem Präsidenten.

„Was, glaubst du, ist das?"

„Ein Feuerzeug?"

„So ähnlich. Aber du darfst unter keinen Umständen auf den roten Schalter drücken …"

„Ich bin der Präsident. Ich darf alles." Jim Tree betätigte den kleinen Knopf. Im Schreibtisch ertönte ein dumpfer Knall; Rauch quoll aus der Schublade.

„Meine Güte! Was …"

„Nur ein kleiner Scherz", beruhigte ihn Bob Doors. „Zur Demonstration sozusagen."

Der Präsident hatte inzwischen die Lade geöffnet und betrachtete den schwarzen Klumpen, der darin lag. Er stank nach verbranntem Kunststoff.

„Schade ... Der schöne Computer."

„Du bekommst einen anderen."

„Danke, Bob. Trotzdem solltest du so was nicht tun. An diesem Schreibtisch hat schon Lincoln gesessen."

Bob Doors lehnte sich vor und kniff die Augen zusammen. „Genau das ist der Punkt", erwiderte er. „Es geht um Symbole. Um Sinnbilder. Es geht um die Zerstörung heiliger Wahrzeichen."

„Ground Zero ...", murmelte der Präsident.

„Exakt. Sie haben unsere Tempel pulverisiert."

„Ja und? Was sollen wir jetzt tun?"

„Wir müssen es machen wie sie."

„Wir sollen ... nach Mekka beten?"

„Nein. Nur nach Mekka fahren."

„Hör mal, Bob. Du dürftest es gar nicht wissen, aber wir hatten schon so was in Vorbereitung. Operation Dünenschwert. Wir haben's dann aber gelassen. Die Saudis sind immerhin ... Na ja, Verbündete. Ich glaube, die haben da drüben sogar McDonald's-Filialen."

„Aber nein", Bob Doors winkte kopfschüttelnd ab. „Du verstehst mich nicht. Keine Falcons, keine Night Hawks, keine Marines ..."

„Keine Marines?" Jim Tree wirkte enttäuscht.

„Nein. Nicht auf die alte Tour."

„Hm ...", der Präsident dachte angestrengt nach. „Wer soll sonst nach Mekka gehen?"

Ein breites Grinsen zog jetzt über Bob Doors Gesicht.

„Irgendjemand", sagte er ruhig. „Ein Freiwilliger ..."

„Okay, okay. Ich glaube, jetzt hab ich kapiert. Einer von uns soll da rüberfahren und sich in die Luft sprengen, stimmt's?

Das kannst du dir gleich aus dem Kopf schlagen. Der freie Westen achtet das Leben des Einzelnen. Die Menschenrechte sind unser höchstes Gut." Der Präsident presste die Lippen aufeinander; dann konnte er nicht mehr an sich halten: Er prustete los, und Bob Doors stimmte mit ein. Sie hielten sich die Bäuche vor Lachen.

„Den muss ich morgen ... meinen Senatoren erzählen ..." Jim Tree trocknete seine Tränen und räusperte sich. „Aber jetzt im Ernst: Du weißt doch selbst am besten, dass das so nicht funktioniert. Unsere Leute hoffen nicht aufs Paradies; sie wollen keine hundert Jungfrauen, sondern deutsche Autos fahren. Und das kann man eben nicht als Toter. Marktwirtschaft und Selbstmordattentäter, das geht einfach nicht zusammen ... Denkst du, wir hätten's nicht versucht? Keiner hat mitgespielt. Nicht einmal die Kerle aus der Todeszelle: Die hoffen sogar noch in der Gaskammer auf ein Wunder!"

„Genau das meinte ich mit geschlossenem Regelkreis."

Der Präsident hörte nicht hin. „Die Hoffnung macht alles zunichte", jammerte er. „Jeder denkt, er sei was Besonderes, niemand opfert sich für die Gemeinschaft. Die Hoffnung wird noch einmal unser aller Ende sein."

„Wir brauchen keinen Kamikaze", erhob Bob Doors seine Stimme.

„Was?" Jim Tree stutzte. „Nicht? Und wer soll dann ...?"

„Ich", lächelte Doors. „Ich alleine."

Mehr als eine Milliarde Moslems gibt es auf der Welt, und jeder davon sollte mindestens einmal im Leben nach Mekka gepilgert sein. Hadsch nennt man diese alljährliche Massenwallfahrt: In weiße Leinentücher gehüllt, versenken sich zwei Millionen Mohammedaner ins Gebet. Sie laufen zwischen zwei Hügeln hin und her und werfen Steinchen gegen eine Säule, die den Teufel symbolisiert. Der absolute Höhepunkt der Pilgerreise aber ist der so genannte Tawaf, der siebenmalige Rundgang im Hof der großen Moschee von Mekka, in dessen Zentrum das Allerheiligste des Islam steht: die Kaaba. Ein würfelförmiges Gebäude, nicht größer als ein durchschnittliches Einfamilienhaus. Kein Wunder: Legenden zufolge soll Adam persönlich die Kaaba errichtet haben, und es gab ja damals nur eine Familie auf der Welt.

„Ein Kinderspiel", feixte Bob Doors, als er, eingezwängt in der gigantischen Menge der Gläubigen, die Moschee betrat. „Allah u akbar!", rief er, um nicht aufzufallen. Mekka darf nur von Muslimen betreten werden; wer hier als Heide entlarvt wird, hat das Schlimmste zu befürchten.

Vierzehn Runden musste Bob drehen, bis er es endlich zur Mitte des Hofes geschafft hatte. Er küsste pro forma den Hadschar, den heiligen Meteoriten des Abraham, und drängte Schritt um Schritt zum Eingang des steinernen Hauses hin.

Zwei Tage später trat er wieder ins Büro des Präsidenten.

„Wie ist es gelaufen, Bob?" Jim Tree eilte seinem Gast mit ausgebreiteten Armen entgegen. „Ich hatte schon Sorge ..."

„Kein Problem, Mister President. Alles ist glatt gegangen."

„Ja, aber ... Ich habe gerade die Nachrichten ... Da war nichts. Keine einzige Meldung. Im Osten nichts Neues."

Bob Doors hob besänftigend die Hand. Dann griff er mit einer leichten Verbeugung in seine Jacke.

„Es ist mir eine Ehre, Mister President, Ihnen ..."

„Du hast daran gedacht, Bob! Ein neuer Computer! Du kannst Jim zu mir sagen!"

„Okay, Jim, danke. Du musst ihn aufklappen ... Hier vorne, genau. Und jetzt gibst du folgende Zahlen ein ..."

Der Präsident zögerte und blickte sich um. „Wird wieder etwas explodieren?", fragte er ängstlich.

Bob Doors grinste über beide Ohren. „Worauf du einen fahren lassen kannst", erwiderte er fröhlich.

Langsam ging dem Präsidenten ein Licht auf. Er starrte Bob an. Holte Luft. Trat vor Aufregung von einem Bein aufs andere.

„Du meinst, ich ... Ich soll ...“

„Ich dachte, es macht dir Freude.“

Jim Tree begann zu tippen. Er zitterte ein wenig, aber er schaffte es.

„Und jetzt noch auf die Entertaste drücken. Da rechts, die große.“

Wenn Bob Doors nicht so reich und überspannt gewesen wäre, dann wäre wohl alles ganz anders gekommen. So aber erschütterte eine gewaltige Detonation die große Moschee von Mekka, und als sich die Schwaden verzogen hatten, klaffte da, wo die Kaaba gestanden hatte, ein tiefer schwarzer Krater in ihrem Hof. Der Hadsch war noch in vollem Gange gewesen; die Zahl der rot gefärbten Leinentücher ging in die Zehntausende.

Wenn Jim Tree nicht auf Bob Doors gehört hätte, dann stünden auch die Peterskirche und die Klagemauer noch, weder der Buckingham Palast noch das Brandenburger Tor wären dem Erdboden gleichgemacht worden, und Abraham Lincolns steinerner Kopf am Mount Rushmore trüge noch seine markante Nase. Natürlich schlugen die Moslems zurück. Sie hatten ja Übung darin. Aber es dauerte nicht allzu lange, und der Zusammenhalt in der islamischen Welt begann zu zerbröckeln. Wenn es auch nahe lag, dass Jim Tree und seine Freunde in den Anschlag auf die Kaaba verwickelt waren, so gab es doch keine schlagenden Beweise dafür, und das nahm dem vereinten islamischen Zorn die Kraft. Vor allem aber hatten sie kein gemeinsames Wahrzeichen mehr, keinen heiligen Mittelpunkt, an dem Himmel und Erde einander berühren. So kam es, dass ihre Kampfeslust nach und nach verpuffte.

Bob Doors' Reichtum wuchs ins Unermessliche. Er exportierte seine kleinen Computer in den gesamten arabischen Raum und erkor die große Moschee von Mekka zum Firmensitz. Da, wo einst die Kaaba gestanden hatte, räkelte er sich nun in einem mächtigen Jacuzzi und winkte dem Präsidenten zu, der auf der anderen Seite des Whirlpools saß.

„Zu heiß?", rief Bob Doors und deutete auf das Wasser.

Jim Tree verneinte kopfschüttelnd. „Gerade richtig!", rief er zurück.

„Übrigens vielen Dank, Mister President!"

„Wofür?"

„Diese leidige Sache mit der Steuerbehörde!"

Jim Tree winkte ab. „Peanuts!", rief er. „Aber du kannst mich ruhig Jim nennen! Ich habe dir auch zu danken!"

Bob Doors legte fragend den Kopf zur Seite.

„Na, meine Wiederwahl! Der reine Spaziergang!"

„Ach so! Gern geschehen, Jim!"

Es herrschte Ruhe. Nur das leise Blubbern der Wasserbläschen war zu hören.

„Bob?", ließ sich nach einer Weile der Präsident vernehmen.

„Ja, Jim?"

„Was tun wir als Nächstes, Bob?"

Bob Doors überlegte.

„China wäre nicht schlecht!", rief er schließlich.

Sie lachten.

Bemmerls Aufschrei hallte aus der Kuppel des Translators wider, als er den betagten Mann erkannte. Der Lehrer erbleichte, griff sich ans Herz, schlug die Hand vor den Mund und hielt sie sodann – schlagartig seiner inzwischen alltäglichen Nacktheit gewahr – vor das entblößte Gemächt: Man konnte den Eindruck gewinnen, er schlüge ein Kreuzzeichen.

Und dieser Eindruck war – bei Gott – nicht weit hergeholt.

„Wer … Wer sind denn Sie? Waren Sie auch einmal Papst?“, stotterte der Papst. Eine plausible Vermutung, wenn man die Umstände näher betrachtet: Nach einer plötzlichen Ohnmacht, die ihn auf dem Heiligen Stuhl seiner vatikanischen Gemächer ereilt hatte, war er – schwebend und unbekleidet – in der schummrigen Kugel des Zwyglorfschiffs zu sich gekommen: Wo also sonst hätte er sich wähnen sollen als im Empfangsraum des Himmels? Und wo sonst als im Himmel sollte – nein: musste! – es eine eigene Abteilung für Heilige Väter geben, eine Art VIP-Lounge für Pontifices maximi? Bei den seltsamen dreiäugigen Wesen, die sich ihm nach seiner Ankunft mit scheuer Neugier genähert hatten, konnte es sich nur (hier stimmte der erste Eindruck des Papstes mit dem Alois Fladnitzers überein) um Engel handeln, wahrscheinlich um schwer behinderte Drillinge, die – notgetauft und sündenlos – vom Herrn zu sich berufen worden waren. Aber der erwachsene Mann, der ihm nun gegenüberschwebte? Wie schon gesagt: Ein früherer Papst, schloss der Papst messerscharf.

„Bemmerl, Eure Heiligkeit“, flüsterte Bemmerl und senkte den Kopf. „Alois Bemmerl, Dorfschullehrer … Im Namen meiner Schüler bitte ich Sie um Vergebung. Es sind“, hier verpasste Bemmerl Holk einen kräftigen Schlag auf den Hinterkopf, „es sind rotzfreche, heidnische Rabauken.“

Mit großen Augen blickte der Papst auf den Lehrer. Er wirkte verwirrt und auch ein wenig traurig wie einer, dessen heiles Weltbild auseinanderbricht. „Im Himmel“, murmelte er, „ist also selbst der Papst nichts Besonderes …“

„Bolka plö flüxkrü präsolidentoli“, verzwyte der Translator. Was rückübersetzt nichts anderes bedeutete als: *Nackt sind alle Präsidenten gleich.* Es schien, als lege die Apparatur seit ihrer fernsehbedingten Absence gewisse Eigenwilligkeiten an den Tag. Da die mittlerweile sprachgeschulten Zwyglorfs seiner Dienste ohnehin nicht mehr bedurften, schaltete Drimmel ihn kurzerhand ab.

Es wollte Julius Bemmerl noch lange nicht gelingen, den Papst von seinem wahren Aufenthaltsort zu überzeugen. Erst nach zwei weiteren Tagen und einem gemeinsamen Rundgang durch das Raumschiff sah der Pontifex ein, dass er einer Täuschung erlegen war.

Die Erkenntnis schmeckte süß: Nicht nur, dass seine Hoffnung auf einen (von drallen, eidgenössischen Putten bewachten) eigenen Himmelspalast wieder auflebte, bot sich ihm zudem noch die Chance, eine gottgefällige Tat ins Werk zu setzen, nämlich die drei Außerirdischen zum rechten Glauben zu bekehren. Die diffizile, eine ausgewogene Mischung aus Milde und Strenge erfordernde Tätigkeit des Missionierens war dem Papst wohlvertraut; schon in seiner Jugend hatte er die Wilden Amazoniens gelehrt, ihre Feinde zu lieben und sich auf den Allmächtigen zu verlassen. Frohen Herzens hatte er den frommen Gebeten der Urwaldmenschen gelauscht, als die Bagger und Planierraupen der Viehzüchter kamen, um das Dschungelchaos zu ordnen und sich die Erde untertan zu machen.

Nun aber galt es, die – zugegebenermaßen notwendigen, aber profanen – Lektionen des Schulmeisters Bemmerl ins Metaphysische zu erheben. Ohne religiöse Unterweisung würden diese armen Zwyglorfs für immer und ewig im dumpfen Zustand des Rationalismus verharren. Wer aber konnte ihnen ein besserer Religionslehrer sein als der Papst persönlich?

„Woher kommst du, mein Sohn?“, wandte er sich mit sanfter Stimme an Drü.

„Von Glorf.“

„Von Glorf also. Sehr schön. Und wer hat dich gemacht?“

Drü überlegte. Die irdische Entsprechung des zwyschen Wortes *Mufflotapoklo* (es bezeichnete den einzigen, doppelgeschlechtigen Elternteil jedes Zwys) wollte ihm partout nicht einfallen. „Mein Muttervater“, sagte er schließlich.

„Aha. Und wie ist dein … Muttervater entstanden? Und all die Muttervater davor?“

„Wir sind alle durch *Ghott* auf die Welt gekommen.“

Der Papst erbleichte. Bestand denn die Möglichkeit, dass der wahre und einzige Glaube selbst in den fernsten Galaxien Platz gegriffen hatte? War die frohe Botschaft bereits bis ans Ende der Welt gedrungen? Das wäre, so folgerte der Papst, ein unwiderlegbarer Gottesbeweis, den er – sofort nach seiner Rückkehr – der Römischen Kurie unterbreiten musste. Dann aber streifte sein Blick Julius Bemmerl, der dem missionarischen Zwygespräch mit verlegener Miene gefolgt war. Natürlich: Dieser unbedarfte Lehrer hatte wohl schon den Boden bereitet, hatte die christliche Saat in die Ackerfurchen der außerirdischen Herzen gestreut.

„Respekt, mein Sohn, Respekt“, brummte der Papst.

Die folgende, leicht angespannte Pause nutzte Holk, um sich zu Wort zu melden. „Herr Präsident …“, hub er an, wofür er sofort einen weiteren Schlag auf den Hinterkopf erhielt.

„Heiliger Vater heißt das!“, zischte Bemmerl.

„Ja, was denn, mein Sohn?“ Der Papst warf Bemmerl einen halb tadelnden, halb begütigenden Seitenblick zu. „Was willst du denn wissen?“

„Seid ihr traurig, dass euer Land nur so klein ist?“

„Spucken eure Eisenrohre trotzdem Feuer?“, rief Drü dazwischen. „Und habt ihr auch Kühe? Schmecken sie gut?“

„Wo liegt sie, die bessere Zukunft?“ Holk drängte Drü beiseite und zupfte den Heiligen Vater am Arm. „Wie kommt man dorthin?“

Die Zwyglorfs sprudelten über vor Wissensdurst, sodass sich der Papst einer Taktik bedienen musste, die er auch bei Audienzen und Pressekonferenzen anzuwenden pflegte: Er schloss die Augen und lächelte still in sich hinein.

„Was unterscheidet euch von anderen Präsidenten?“, warf schließlich Drimmel ein. Das war nun endlich eine Frage ganz nach dem Geschmack des Heiligen Vaters. Gemächlich und entspannt, ja fast gelangweilt hob er seine rechte Hand (eine Geste, die auf dem Petersplatz Zigtausende verstummen ließ), um dem fortdauernden Ansturm Holks und Drüs Einhalt zu gebieten.

„Ich bin“, sagte er dann, „der Präsident der Seelen. Weil aber jeder Präsident eine Seele hat, bin ich der oberste von allen Präsidenten. Mein Land ist auch nicht klein, nur unsichtbar. Mein Reich ist nämlich das Himmelreich, und das ist groß, unendlich groß.“

Die Zwyglorfs erstarrten in Ehrfurcht. Ihre Schläfenlappen klatschten heftig: ein frenetischer Applaus, beinahe wie jener der Gläubigen nach dem päpstlichen Ostersegen.

„Und die anderen Präsidenten?“, wagte Drü nach einer Weile zu fragen. „Sie gehorchen euch alle?“

Da aber verdüsterte sich die Miene des Papstes. Er neigte den Kopf, als trüge er alles Leid der Welt auf seinen schmächtigen Schultern, und wartete auf die nächste Frage.

„Was ist zum Beispiel mit den Polen? Da, wo es immer so kalt ist?“, setzte Drü schließlich nach. „Gehören die auch zu eurem Reich?“

„Die Polen ganz besonders“, meinte der Papst, nun wieder fröhlich gestimmt. „Sie sind wohl die folgsamsten Diener unseres Herrn.“

Wie auf ein Zeichen zuckten die Zwyglorfs zurück.

„Eures … Eures Herrn?“, rief Drimmel aufgeregt und trat

von einem Fußnäpfchen aufs andere. „Dann ... gibt es also ... noch einen Präsidenten über euch?"

„Natürlich gibt es den. Es ist der Allmächtige oben im Himmel, der Vater, der Sohn und der Heilige Geist."

„Wer jetzt?", fragte Holk.

Der Papst seufzte auf. Dieser Dorflehrer mochte die Außerirdischen mit den Grundbegriffen des christlichen Glaubens vertraut gemacht haben; bis zu der schillernden Fülle theologischer Dogmen aber war er nicht vorgedrungen. Wie denn auch? Schon damals in Brasilien hatte sich erwiesen, dass die Dogmatik den schwierigsten Teil jeder Bekehrung bildete: Die Heiden wollten einfach nicht kapieren, dass es nur einen Gott gab, der aus dreien bestand, und dass der Heilige Vater in Rom der Stellvertreter eines nicht wirklich gestorbenen Mannes war, der eben einer dieser drei war, die – jeder für sich, aber auch alle gemeinsam – Gott waren, und dass dieser Mann nicht der Sohn des Mannes seiner Mutter war, was seine Mutter wieder so verehrungswürdig machte, weil sie mit niemandem ins Bett gegangen war. Also hatte sich der junge Missionar schon seinerzeit einer Wortwahl bedient, die er dem geistigen Horizont der primitiven Wilden für angemessen hielt. So und nicht anders wollte er auch jetzt sein Glück versuchen.

„Der Name meines Herrn ist Jesus Christus", sagte der Papst nachsichtig. „Und Jesus Christus ist ... die Liebe! Denn ihr müsst wissen, dass es nichts Edleres, nichts Höheres gibt als die Liebe ..."

Ohne dass Mensch oder Zwyglorf es merkten, hub in diesem Augenblick ein leises Summen hinter den stählernen Platten des Kugelraums an. Vom Elektronenhirn gespeist, durchzuckten winzige Impulse die verborgenen Drähte des Raumschiffs, um den Prosagenerator einmal mehr zur Arbeit anzufeuern.

Des Prosagenerators fünfte Erdgeschichte

Benkös Liebe

Die ersten Schneeflocken verdampften auf dem Thermosteig, als Commander Benkö aus dem Haus trat. Es war noch dunkel, der Himmel nur von den lautlosen Silberstreifen der Nachtporter durchzogen. Obwohl er Zeit hatte, schritt Benkö zügig aus, denn er fror und die Wärmefluter waren abgeschaltet – die Kommune müsse sparen, hieß es. Glücklicherweise lag sein Ziel nicht weit entfernt. Schon nach fünf Minuten fiel Benkö die Neonschrift des *Scan-as-scan-can* ins Auge. Er blickte sich um und trat dann rasch durch das hell erleuchtete Portal.

Benkö war Buchhalter. Gemeinsam mit drei weiteren Commandern betreute er einen der Großrechner von *Wang and Donald.* Seit Anbeginn des Jahrtausends, als die letzten großen Firmen fusioniert hatten und im Zuge einer globalen Strukturanpassung Millionen Arbeitsstellen abgebaut worden waren, gab es in allen Branchen Commander. So, wie aus vielen Konzernen eine einzige Macht geworden war, nämlich *Wang and Donald,* waren aus vielen Buchhaltern einige wenige Commander geworden. Ein Commander war jemand, der die Maschinen das Denken lehrte. So hatte es Benkö als Kind im School-Brainer gelernt.

Kaum hatte er den Airprotector abgenommen, verschlug ihm eine Welle warmer und abgestandener Luft den Atem. Benkö dachte an Umkehr, doch das sanfte Schnurren eines Persuators rief ihn schon zum Kassenautomaten: „Welcome ... cuommen ... im ... paradiso delle ... deiner Träume ... Pour une heure … denke die Eins … Por dos … denke … Für drei Stunden … Bitte wähle jetzt … Der Betrag wird automatisch … Arigato coseimas … Welcome … cuommen … im … paradiso delle … deiner Träume …“

Der Commander liebte seinen Beruf. Maschinen lebten, dessen war sich Benkö sicher, doch sie lebten kontrolliert. Im Gegensatz zum Menschen waren Maschinen fassbar und von berückender Klarheit. Nie war man ihren Launen hilflos ausgeliefert, nie gaben sie einem unlösbare Rätsel auf. Die Maschine tat, was der Mensch wollte. Und tat sie es nicht, dann trug der Mensch die Schuld daran. So einfach war das. Commander Benkö mochte das Einfache. Er hätte das defekte Synthofon des Persuators im Handumdrehen richten können. Aber er war nicht zum Arbeiten hier.

Benkö buchte zwei Stunden und begab sich an den Wartemonitor. Lautlos zogen Bilder über den Schirm, Porträts von Männern, Frauen und Androgynen, eine Hochglanzparade moderner Schönheit und antiker Prominenz. Der Commander schmunzelte. Er brauchte keinen Vorlagenkatalog. Er hatte seine eigene Phantasie.

Das *Scan-as-scan-can* war ein Cybordell der jüngsten Generation. Ursprünglich hatten Lusthäuser dieser Art als unbedeutendes Nebenprodukt der neuesten plasmaphysikalischen Erkenntnisse gegolten. Vor knapp sechs Jahren erst war es den Molekularkybernetikern von *Wang and Donald* gelungen, die Morphogenese von Biomasse zerebral zu definieren. Was – vereinfacht ausgedrückt – nichts anderes bedeutete, als das Aussehen und die Fähigkeiten einer Kreatur mit purer Gedankenkraft zu steuern. Zu Zeiten der Vorväter wäre man sofort daran gegangen, Muskelmänner für die Rüstung und den Arbeitsmarkt zu produzieren. Aber es gab keine Armeen mehr: Die Regierungen gehörten *Wang and Donald,* und der so genannte Terrorismus war schon vor Äonen zu einer Legende verblasst, zu einem archaischen Märchen, dessen historischer Ursprung nicht zu belegen war. Kurz gesagt: *Wang and Donald* hatte keine Feinde. Auch an Arbeitern bestand kein Bedarf. Wozu hätte man sonst Maschinen gebraucht? Nein, man plante vielmehr, einen Menschen von höchster Intelligenz zu erschaffen, einen Menschen, der die letzten Rätsel des Daseins zu lösen vermochte. Wie sich zeigte, lag diesem Vorhaben ein schwerer Gedankenfehler zugrunde. Die Kybernetiker mussten nämlich erkennen, dass kein Gehirn in der Lage war, ein klügeres als sich selbst zu ersinnen.

Was blieb, war die Erotikindustrie. Die Vorteile der Cybordells lagen auf der Hand. Hier gingen Träume wirklich in Erfüllung, hier wurden perfekte Partner geschaffen, aus nichts als ein paar Kilo Protoplast, lebende Männer, Frauen und Zwitter, ja selbst Tiere, deren Biomasse nach Gebrauch deanimiert und desinfiziert wurde und so dem nächsten Kunden zur Verfügung stand. Die plasmatische Liebe bot dem Überdruck einsamer Herzen ein gleichermaßen hygienisches wie würdevolles, gesundes wie befriedigendes Ventil.

Der Commander musste nicht lange warten. Von den diesmal auf Finnisch und Russisch gestotterten Dankesformeln des Persuators begleitet, trat eine graue Frauengestalt aus einer der Gedankenkammern und strebte gebeugt dem Ausgang zu. Ein kurzer Blick genügte: Benkö zuckte zusammen, riss die Schultern hoch und wandte sich ab. Anna!, schoss es ihm heiß durch den Kopf, ja, sie war es ohne Zweifel, Anna, seine Frau, nein, seine verlorene Frau … Benkös Herz raste. Fünf Jahre lag die Trennung nun zurück, und er hatte seit damals nichts mehr von ihr gehört.

Benkö hatte Anna im Zuge eines Abendessens kennen gelernt, auf einem jener Seminare, die *Wang and Donald* für seine Mitarbeiter veranstaltete. Die Kurse fanden unter den Kuppeln von Limburg statt, jenes gesegneten Inselreichs im

Süden der Hollandsee, und sie dienten eher ideellen als intellektuellen Zwecken. Man lag drei Tage in der Höhensonne, spielte Golf, pflegte den Gemeinschaftsgeist und kehrte für den Rest des Jahres mit dem tiefen Gefühl der Dankbarkeit an seinen Arbeitsplatz zurück.

Ein fehlerhafter Eintrag im Hauptregister hatte Benkö dem Speisesaal der höheren Chargen zugewiesen. So saß er mit fünf Controllern am Tisch, und eine davon war Anna. Controller waren den Commandern vorgesetzt und verfügten über eigene Dienstgleiter. Doch Anna ließ ihn das nicht spüren. Im Gegenteil, ihre Fragen verließen schon bald das Feld des Beruflichen und verrieten echtes Interesse an seiner Person. Benkö fand Anna hinreißend. Seine anfängliche Befangenheit wich rasch einer tiefen Bewunderung für ihren Charme, ihre Klugheit, ihre sanfte, sensible Art. Und als die vier anderen Controller mürrisch ihre Plätze räumten, um sich an die Bar zurückzuziehen, da fühlte sich Benkö wie Mister Wang und Mister Donald zusammen.

Der Rest war so profan wie zauberhaft. Sie verliebten sich ineinander. Drei Tage lang besuchten sie alle Vorträge gemeinsam, tauchten nach synthetischen Korallen und unterhielten sich im Glanz des Sternenschirms über die Wunder der Datenverarbeitung. Am letzten Abend verließen sie schweigsam den Speisesaal und fanden sich mit einem Mal im Schutz der Dünenhalden wieder. Dort liebten sie sich im warmen Granulat, gierig, mit nassen, dampfenden Körpern, sie liebten sich die ganze Nacht hindurch, bis das rötliche Flackern des ersten Sonnenstrahlers sie trennte.

Benkö ließ sich bald darauf in Annas Stadt versetzen. Sie suchten um eine gemeinsame Wohnung an und planten ihre Hochzeit. Es war schön, wenn auch nur kurz. Denn schon nach wenigen Wochen fingen die Probleme an. Annas charmante Verletzlichkeit wandelte sich in schnippische Gereiztheit. Sie schien mehr und mehr am Leben zu leiden, am Leben in ihrer Welt, ihrer Stadt, ihrem Körper. Am Leben mit ihrem künftigen Mann. Der Glanz erlosch. Die Lust gerann. Was blieb, waren chronischer Missmut und stete Erschöpfung. Eine Zeit lang versuchte Benkö, den Fehler zu ergründen, als suche er nach Annas defektem Schaltkreis.

Selbstverständlich wusste er, dass private Verbindungen zwischen verschiedenen Dienstgraden nicht gerne gesehen waren: Sie untergruben die natürliche, von hereditären und genetischen Faktoren bestimmte Hierarchie. Man munkelte sogar von einer geheimen Direktive der Konzernleitung, so genannte Cross-Links auf die alljährliche Liste der einzusparenden Mitarbeiter zu setzen. Auch wenn Gerüchte dieser Art nicht eben erfreulich waren, so dachte Benkö, blieben es doch nur Gerüchte. Unbewiesener Tratsch. Lästiger fiel ihm da schon das Verhalten der Kollegen: verstohlene Blicke hier, ein despektierliches Grinsen da. Plötzlich abgebrochene Gespräche, wenn er die Kantine betrat. Einmal sogar ein Zettel auf seinem Terminal: *To link across will get you boss!* Es war nicht zu übersehen, dass in seiner Etage die Missgunst regierte: Die anderen Commander konnten es nur schwer verwinden, dass einer ihresgleichen eine Controllerin an Land gezogen hatte.

Obwohl die beiden nie darüber sprachen, vermutete Benkö, dass Anna unter ähnlichen Schikanen zu leiden hatte. Nur, dass sie wohl eher der Verachtung statt dem Neid ihrer Mitarbeiter ausgesetzt war. Als er sie einmal danach gefragt hatte, war sie ihm mit einem verbitterten Achselzucken ausgewichen.

Trotzdem: Sollte die Liebe nicht schwerer wiegen als all diese Feindseligkeiten?

In gewisser Weise tat sie es. Denn als Benkö nach weiteren Wochen des Schweigens ein Ende machte und Anna verließ, da liebte er sie mehr denn je. Er liebte sie so, wie er sie errechnet hatte, so, wie sie hätte sein können, nein: wie sie hätte sein müssen. Er liebte eine andere Anna, und als die ersten Cybordells eröffnet wurden, fand er sie auch.

Schon beim ersten Versuch war sie durch Benkös Kopf gespukt, sobald er unter dem Scanner saß, und er hatte es hingenommen, dass die protoplasmatische Masse Annas Formen annahm. Lange hatte er sie nur betrachtet, ihr bläulich schimmerndes Haar, ihren schmalen, samtigen Nacken, die Elfenbeinhüften, die tiefbraunen Spitzen der Brüste. Und als er endlich zu ihr unter den Glassturz stieg, da wusste er, dass sie nach Schokolade schmecken würde. Genau das tat sie dann auch. Und mehr noch: Jede Geste ihres schlanken Körpers, jedes Wort aus ihrem dunkelroten Mund erfüllte eine tiefe Sehnsucht des Commanders. Anna erwies sich als pures Verständnis, frei von Galle und Gram und beschämenden Zweifeln. Während Benkö in ihren schwarzen Augen versank, erkannte er die wunderbare Wahrheit. Das hier, das war die echte Anna, und er selbst hatte sie neu erschaffen.

Seit damals besuchte Benkö das *Scan-as-scan-can* zweimal pro Woche und nie, nicht ein einziges Mal hatte er dort einem anderen Wesen Gestalt verliehen als ihr, als Anna, seiner Frau.

Commander Benkös Knie zitterten immer noch, als er die offene Schleuse der Gedankenkammer durchschritt. Leise zischten die Ventile. Dann war es finster. Im vorderen Teil des Raumes, durch ein Podest erhöht, ließen sich nur das Steuerpult und die Sitzschale des Brain Scanners wahrnehmen. Und darüber, einer stählernen Trockenhaube gleich, das Herzstück der Apparatur, der Scanner selbst. Der Commander blinzelte verwirrt. Wer war sie, die hier eben noch gesessen war? Anna, sein Traum? Anna, die Enttäuschung seines Lebens? Langsam wanderte Benkös Blick von den blinkenden Dioden nach hinten, in die Dunkelheit. Nichts war zu sehen als das sanfte Schimmern der gläsernen Kuppel, die den Stoff seiner Sehnsucht umschloss: den Protoplast, der – während der Scanner warm lief – die Gestalt verlieren, zerrinnen und verklumpen würde, um erst dann seine neue Form anzunehmen.

Der Commander überlegte, lange und zögernd. Dann aber gab er sich einen Ruck. Mit zwei, drei Schritten eilte er zum Steuerpult und drückte auf einen der Schalter. Licht flammte auf. Im gleißenden Strahl der Scheinwerfer, auf rotem Plüsch unter der gläsernen Glocke, lag jung und sehnig Annas Phantasie: der nackte, leblose Körper Commander Benkös.

Am folgenden Abend ging Großmeister Bemmerl entspannt und zufrieden zu Bett. Die Christianisierung der Außerirdischen war mit Hilfe des Papstes rasant vorangeschritten, sie hatte sogar – noch kurz vor dem Schlafengehen – in der Taufe Drimmels, Holks und Drüs gegipfelt. Obwohl sich der Lehrer gemeinhin für einen modernen und freisinnigen Menschen hielt, übte es eine seltsam beruhigende Wirkung auf ihn aus, die Zwyglorfs nun unter der Kuratel der römisch-katholischen Kirche zu wissen. Abgesehen davon, dass er nun wohl als Einziger von sich behaupten konnte, dreifacher Pate bei einer päpstlichen Taufe gewesen zu sein.

Die erste intergalaktische Missionierung war also geglückt. „Morgen“, hatte der Heilige Vater nicht ohne Stolz zu den drei frischgebackenen Christen gesagt, „feiern wir dann die Eucharistie.“

„Euch ... was?“, hatte Holk gefragt.

„Eucharistie“, war Julius Bemmerl dem Papst zu Hilfe geeilt. „Eure Erstkommunion: Ihr werdet den Leib Christi essen ...“

Es war schon weit nach Mitternacht (gedämpft erklang – vom würdigen Schnarchen des Papstes kontrapunktiert – das rustikale Röcheln Bemmerls), als sich lautlos eine der Kabinentüren öffnete. Ein Schatten trat auf den Gang. Er huschte durch die Finsternis, stahl sich an den Kajüten vorbei, schlich eine Treppe nach oben und schlüpfte in das Allerheiligste des Raumschiffs: den Computerraum.

Erst, nachdem er die Luke geschlossen hatte, schaltete Drimmel das Licht ein. Er setzte sich an die *Zingothe* (eine zylinderförmige, mit warzenartigen Bläschen versehene Vorrichtung, die – ähnlich einer Tastatur – die Bedienung der Rechenanlage ermöglichte) und ließ die Tentakel über die Quaddeln tanzen.

Flü lollokolinxlü nabambola, gab Drimmel ein: *Das Höchste ist die Liebe.*

Der Computer registrierte die Daten mit gnädigem Schnurren.

Flü nabambolü jesolo christo, tippte Drimmel. *Die Liebe ist Jesus Christus. Flü jeso christolü papola. Flü papola lollokollo präsolidentola.*

Ein Lämpchen blinkte auf. Der Computer hatte verstanden.

Flü präsolidentlü lolloko bemplo, flü bemplö flü ickick, molako ickick flü gollekta, schrieb Drimmel mit wachsender Erregung. *Der Präsident ist oberster Herrscher, Herrschen ist Ich-Sein, aber Ich-Sein ist auch Haben.*

Mit einem hellen Glockenton gab der Computer Drimmel zu verstehen, dass er weitere Angaben wünschte. Der Zwyglorf dachte nach.

Globolka mambo golakimolaki, gab er schließlich ein. *Die Erdlinge essen einander.* Und: *Mamboli jesolo christo.*

Ein tiefes, zufriedenes Brummen ertönte: Gesättigt mit Informationen, begann der Computer die Daten zu verdauen. Wie ein riesiges, peristaltisches Mahlwerk gurgelten und grollten seine Innereien, während sich Drimmel seufzend zurücklehnte: Die letzten Wochen hatten ihn erschöpft, ihn hart an die Grenzen seiner emotionalen und geistigen Kapazitäten gebracht. Obwohl er wusste, dass weder die Zwyglorfs noch ihre Maschinen auf nüchtern-prosaisches Denken ausgelegt waren, wollte er nun versuchen, dem Rechner eine logische Erklärung abzuringen, eine greifbare Lösung jenes geradezu pathologisch paradoxen Rätsels, das sich *Erde* nannte. Wenn es aber keine solche Lösung gab, dann sollte doch wenigstens ein Ratschlag möglich sein, eine Empfehlung, wie man sich nun zu verhalten habe. Und sei es auch nur, um jenen Entschluss zu untermauern, den Drimmel ohnehin schon gefasst hatte.

Die Antwort des Computers fiel in der Tat prosaisch aus. Nach zwei elektronischen Rülpsern, die bedeuteten, dass er zu einem Resultat gekommen war, ertönte sein sonores künstliches Organ.

„Oj“, sagte der Computer. „Lingi dodola Holkel plü Drü.“ *Das haben mich Holk und Drü auch schon gefragt.*

So rasch er konnte, lief Drimmel den Gang entlang und riss die Tür der päpstlichen Kajüte auf – die Koje Seiner Heiligkeit aber war leer. Kurz lauschte Drimmel in die Dunkelheit, setzte sich dann wieder in Bewegung, hastete weiter, hetzte mit gerungenen Tentakeln zur Translatorschleuse. „Schaschko!“ Der zwysche Fluch entrang sich Drimmels Brust, als er die halblauten Stimmen Holks und Drüs vernahm. Er ahnte, dass er zu spät gekommen war.

Vom Papst war nicht mehr viel übrig. Der eine oder andere abgenagte Knochen trudelte noch durch die Schwerelosigkeit, ein pontifikaler Blutstropfen waberte Drimmel entgegen und zerplatzte in seinem Gesicht. Um den abgetrennten Kopf des Oberhirten aber war zwischen Holk und Drü ein heftiger Streit entbrannt. „Meiner!“, schrie Holk und zerrte an den Ohren, während sich Drü in die knorplige Nase verbiss. „Meiner! Mir! Ickick! Ich!“

Drimmel stand wie angewurzelt in der Tür, er rang um Worte, die seiner Erschütterung angemessen waren, aber er fand keine. „Hassakolingola!“, brüllte er schließlich. „Hassakolingola mambola jesolo!“ Und mit diesem Schlachtruf warf auch er sich ins Getümmel.

Um die Geschichte des glorfschen Dreigespanns zu Ende zu erzählen, muss zunächst das weitere Schicksal Julius Bemmerls beleuchtet werden, jenes lang gedienten Pädagogen, der trotz all seiner Mühen so kläglich an der Einschulung der Außerirdischen gescheitert war.

Obwohl er kurz davor noch tief und fest geschlummert hatte, wurde Bemmerl jählings munter. Wie so oft in letzter Zeit waren seine Träume ins Sinistre abgeglitten, hatten sich zu einem grässlichen Albdruck verdichtet und ihn mit einem

Aufschrei erwachen lassen. Bemmerl wälzte sich aus dem Bett, verließ die Kajüte und wankte eine Weile ziellos durch das Raumschiff, um die nächtlichen Phantome abzuschütteln. Als er aber am Translatorraum vorbeikam und einen Blick in die Hohlkugel warf, da wurden die schaurigsten Traumvisionen zur Realität: Die Wände des Raums waren über und über mit Blut besudelt, im Zentrum schwebten die grunzenden, geifernden Zwyglorfs, die sich im Kampf um eine Zunge – die letzte essbare Reliquie des Heiligen Vaters – ineinander verkeilt hatten. Bemmerl taumelte zurück; er stolperte, hielt sich am Türrahmen fest, zitternd und um Atem ringend, leichenblass vor Entsetzen.

Als die Zwyglorfs den Lehrer bemerkten, ließen sie voneinander ab. Rasch schnappte Drü nach der Zunge des Papstes und schlang sie hinunter, um sich sodann – wie seine Gefährten – Bemmerl zuzuwenden. Neun begierige Augen fixierten den Lehrer, Augen, in denen die Mordlust brannte: Weggeblasen war mit einem Mal die respektvolle Scheu vor dem scheinbar allwissenden *Mentzel*. Man war ja nun selbst ein Teil der Erdlingsgemeinschaft; die Lektionen Fladnitzers, Bemmerls und des Papstes waren auf fruchtbaren Boden gefallen. Was jetzt noch fehlte, war die Vollendung der Eucharistie: Den Leib des großen Präsidenten hatten Drimmel, Holk und Drü wohl oder übel miteinander teilen müssen (wobei dem armen Drimmel die mit Abstand kleinste Portion zugefallen war), aber auch Bemmerl – Großmeister Bemmerl! – hatte schließlich etwas Präsidentenhaftes. Ihn als Nachtisch zu verspeisen, würde möglicherweise genügen, um der Gnade von Haben und Herrschen und Ich-Sein – also des Wunders der Menschenliebe – teilhaftig zu werden.

Und so rückten die Zwyglorfs nun Bemmerl zu Leibe, der seinerseits die Flucht antrat. Was ihm das Leben rettete, war seine inzwischen profunde Kenntnis des Raumschiffs: Die kommunionswilligen Außerirdischen auf den Fersen, stürzte er geradewegs zum Teleporter und beamte sich selbst von Bord.

Die Watzdorfer staunten nicht schlecht, als sie ihn am nächsten Morgen auf dem Hauptplatz fanden. Seit Wochen als vermisst gemeldet, lag Bemmerl nun nackt und bewusstlos auf dem Straßenpflaster, und als er, umringt von der ganzen Gemeinde (sogar der neue Lehrer hatte den Erdkundeunterricht unterbrochen, um den unverhofften Heimkehrer mit seinen Schülern besichtigen zu können), endlich zu sich kam, da sprang er stracks auf die Beine, gestikulierte und stammelte wirres Zeug vor sich hin.

Es kam, wie es kommen musste: Nach einem Monat im Krankenhaus beharrte Bemmerl noch immer auf seiner abstrusen Geschichte. „Fragts halt den Fladnitzerbuben!“, rief er verzweifelt. „Der Loisl kann's euch bestätigen!“

Fladnitzer freilich stritt alles ab. Er hatte die Bauernschläue, wie man so sagt, mit der Muttermilch aufgesogen und ahnte daher, was auf ihn zukommen würde, falls er Bemmerls Bericht bezeugte.

Nämlich ganz genau das, was nun den Lehrer erwartete. Ein durch und durch konfuser Pensionist, der unbekleidet auf dem Dorfplatz angetroffen wird, ist an sich schon ein Fall für die Psychiatrie. Behauptet er zudem noch steif und fest, dass Außerirdische den Papst gegessen haben, dann führt kein Weg mehr an der Einweisung vorbei. In einem fernab von Lärm und Trubel gelegenen Sanatorium sollte Bemmerl einen ausgedehnten, ruhigen Lebensabend verbringen. Die Pflegekosten für den einst so angesehenen Bürger trug die Watzdorfer Gemeindekasse.

Ein Wort noch zum Papst: Dass er drei Tage vor Bemmerls Rückkehr spurlos aus dem Vatikan verschwunden war, beherrschte noch lange die Schlagzeilen. Während es in einigen

Ländern des Nahen Ostens zu spontanen Jubelfeiern kam, verdoppelte Amerika das Kopfgeld für die Ergreifung arabischer Schurken. Nur Rom bewahrte die Ruhe. Es wählte einen neuen Oberhirten, der den alten seligsprach und – nachdem er den Kommandanten der Schweizergarde entlassen hatte – zum päpstlichen Alltag zurückkehrte.

Auf der Kommandobrücke des Zwyglorfschiffs saß Drimmel und starrte hinaus ins unendliche Dunkel. Leise zuckten die Reste seiner in Stücke gerissenen Schläfenlappen. Trotz eines verstümmelten Fußnäpfchens hatte er sich hier heraufgeschleppt, um den Befehl zum Verlassen des Orbits zu geben. Gehorsam ließ der Computer die Triebwerke zünden und leitete den Heimflug ein.

„Ickick", murmelte Drimmel. Und noch einmal: „Ickick ..."

Er war nun selbst ein Präsident.

Nachdem es Bemmerl geschafft hatte, den Zwyglorfs zu entkommen, waren sie übereinander hergefallen. Zuerst hatten Drimmel und Holk den angeschlagenen Drü verspeist (Drü hatte sich am Papst gehörig den Magen verdorben, sodass er sich kaum noch zur Wehr setzen konnte), danach war eine erbitterte Schlacht zwischen Drimmel und Holk entbrannt, die Drimmel am Ende für sich entschied.

Die Vermutung liegt nahe, dass Drimmel noch Wochen hindurch bei Bewusstsein blieb, während er – zusehends geschwächt – durch das Weltall trudelte. Als das Schiff aber zwei Jahre später nach Glorf zurückkehrte, da hatte auch er seinen Frieden gefunden.

Als letzter Eintrag im Logbuch des Zentralcomputers fand sich ein weiteres Gedicht des Sternenfahrers Drimmel. Es ist auch heute noch nachzulesen – im glorfschen Schulbuch *Kalter Kosmos, wilde Welt – Mit dem All auf Wir und Wir.*

Kalter Kosmos, wilde Welt,
bodenloses Leiden,
wem die Wahrheit nicht gefällt,
sollte, All, dich meiden.
Auf den grünen Fluren Glorfs
preisen wir die Pracht
der bestirnten Himmelsflur,
die uns freundlich lacht.
Aber wehe dem, der euch,
Welten, forsch besucht,
aus der Nähe seid ihr doch
grausam und verrucht.

Mit freundlicher Unterstützung von

Verein Stadtimpuls

WIEN KULTUR

WIEN ENERGIE
– FERNWÄRME WIEN –
TEIL UNSERER ZUKUNFT.

WIENER STÄDTISCHE
VIENNA INSURANCE GROUP